TIERE

Kurzgeschichten

Sechs poetische Stimmen
Nach einer Themenidee von Nataša Dragnić
Herausgegeben von Rafik Schami

ars vivendi

Originalausgabe

1. Auflage Februar 2016
© 2016 by ars vivendi verlag
GmbH & Co. KG, Bauhof 1,
90556 Cadolzburg
Alle Rechte vorbehalten
www.arsvivendi.com

Lektorat: Dr. Felicitas Igel
Umschlaggestaltung: Philipp Starke, Hamburg
unter Verwendung eines Fotos von © plainpicture/KNSY Bande
Druck: Legra, Krakau
Gedruckt auf holzfreiem Werkdruckpapier
Printed in the EU

ISBN 978-3-86913-624-0

Tiere

Inhalt

Nataša Dragnić

Die Unbeschwertheit
des Himmels

Die Unbeschwertheit
des Himmels

Eines Morgens.

Ich erinnere mich noch genau. Eines Morgens, ich war vier Jahre alt, stand ich auf einem Bänkchen vor dem Spiegel im Badezimmer. Grün. Alles war grün. Grasgrün, smaragdgrün. Grün und federweich. Ich neigte den Kopf nach links, nach rechts, die schwarzen Augen folgten, ohne zu blinzeln. Der orangegelbe Schnabel. Ich machte ihn auf, und nichts kam heraus, kein Wort, nur ein Ton, wie bei einer Vogelwasserpfeife. Zu meinem vierten Geburtstag habe ich von meiner Oma eine bekommen. Man pustete in ihren gefächerten Schwanz hinein, und in ihrem Keramikbauch gluckerte das Wasser, und ein Piepsen war zu hören, ein Piepsen, das mich entzückte. Meine Mutter mochte es nicht, zu viel verschüttetes Wasser auf dem Parkettboden. Bald durfte ich nur noch im Freien mit ihr spielen, was ich nicht tat: Ich hatte Angst, sie fallen zu lassen. Ich hatte Angst, sie würde auf dem harten Asphalt vor unserm Wohnhaus zerbrechen. Ich hatte sie auf das Regal neben meinem Bett gestellt und sie vergessen, wie es nur ein vierjähriges Kind kann. Aber jetzt, mich im Spiegel betrachtend, erinnerte ich mich kurz daran, nur wegen dieses merkwürdigen Tons, der aus meinem glitzernden Schnabel kam. Tief und dunkel. Ich breitete die Flügel aus. Meine Brust war rot, ein kräftiges Rot, das mich an das Kleid meiner Mutter denken ließ, das Kleid, das sie noch nie anhatte, das in ihrem Schrank hing und sie angeblich vorwurfsvoll ansah, jedes Mal, wenn sie ihn aufmachte. Ich verstand es nicht. Ich hatte es geprüft, und es war nichts geschehen, absolut gar nichts: Das Kleid hing leblos und augenlos zwischen den anderen Kleidern meiner Mutter, und das Einzige, wodurch es sich von diesen unterschied, war das knallige Rot, so rot, als würde der Schrank brennen. Ich bewegte die Flügel, es fühlte sich leicht an. Ich hob ab, ganz wenig, aber genug, um meinen langen Schwanz zu sehen. Ich drehte eine Pirouette, und er schlug auf das Becken, streifte die Badewanne, blieb fast an der offenen Tür der Waschmaschine hängen. Ich landete wieder sanft auf der Bank, während sich meine Kopfhaare aufstellten, wie eine Haube sahen sie aus. Ich fand es lustig, richtete sie immer wieder auf. Wild sah ich aus, wild, aber nicht gefährlich. Und auch wenn unser Badezimmer vollkommen weiß und ich beinahe vollkommen grün war, fühlte ich mich gut versteckt, außer Gefahr, als könnte mich niemand finden. Mir meine Federn, meine wunderschönen langen Schwanzfedern entreißen. Ich blinzelte ein paarmal und entdeckte die roten Pünktchen in meinen Augen, ich neigte mich über das Waschbecken, kam dem Spiegel näher. Ja, tatsächlich rot. Taubengroß und prächtig, so war ich in dem Augenblick, an dem frühen Nachmittag. Während meine Eltern im Schlafzimmer stritten, der Holzboden knarrte und etwas in die Brüche ging. Aber ich war in Sicherheit, verschwand unter den weißen Fliesen und Kacheln und zwitscherte mal tief, mal schrill, an meine Wasserpfeife denkend. Während meine Mutter weinte, ganz laut und ohne Zurückhaltung, und mein Vater auf die Möbelstücke schlug. Jedenfalls dachte ich, er wäre das, diese dumpfen Schreie des Bettes, der Kommode unter dem Fenster, des Schrankes. Dunkles Holz, das älter war als ich, viel älter, was nicht schwierig war. Ich war erst vier. Erst vier, und schon so schön grün. Erst vier, und schon flügge.

Als ich dann mit sieben Jahren endlich *Mein großes Buch der Weltvögel* zu Weihnachten bekam, erkannte ich mich sofort, mein Ich von damals. Ich sah mich auf einem hellbraunen Zweig hocken, ein wenig angespannt, kein roter Punkt im Auge, das Grün meiner Federn mit dem Grün des Urwalds verschmolzen. Ein Kammtrogon. Ein *Pharomachrus antisianus*. Ich wunderte mich nicht. Über nichts wunderte ich mich. Mit vier Jahren schon hatte ich alles selbstverständlich gefunden. Mit sieben Jahren wusste ich dann auch, dass ich alles sein konnte, jeder Vogel. Alle Vögel der Welt waren bei mir zu Hause. Und mein Zuhause war der Himmel.

Mit meinen vier Jahren wunderte es mich aber auch nicht, dass niemand sich über mein Aussehen wunderte. Über meine Unfähigkeit zu sprechen, mein buntes Gefieder. Alles war wie immer. Nachdem zuerst meine Mutter das Schlafzimmer verlassen hatte und ohne anzuklopfen ins Badezimmer hereingestürmt war, und kurz danach auch mein Vater. Wir standen alle drei in dem kleinen weißen Raum und taten so, als würden wir einander nicht bemerken oder als wäre alles ganz normal, die geröteten, verheulten Augen, die strähnigen, zerzogenen Haare meiner Mutter; und das blasse, fast weiße Gesicht, die roten zerkratzten Fäuste meines Vaters; und meine eigene Pracht, die sich im Spiegel wie in einem anderen Universum langsam und anmutig bewegte. Es wurde nicht geredet. Das Wasser lief in Strömen, was mir besonders auffiel, denn mein Vater achtete sehr darauf, dass nichts, aber wirklich gar nichts verschwendet wurde. Geizig würde ich ihn nicht nennen. Ich nicht. Aber meine Mutter zum Beispiel. Eben deswegen fand ich es seltsam, dass er nichts sagte, sie nicht einmal schief ansah, als sie das Wasser in der Badewanne einfach laufen ließ, auch als sie sich schon aufgerichtet hatte und ihr Gesicht im Handtuch versteckte. Mein Vater räusperte sich, nur das tat er, er räusperte sich, zog an meinem linken Flügel, als wäre das ganz normal, als wäre es ganz selbstverständlich, dass seine Tochter

Flügel hatte. Er räusperte sich und ging in die Küche, wo er anfing, das Abendessen zuzubereiten, laut und unüberhörbar und voller Protest, voller Widerstand. Sie litten, sie mussten leiden, das war klar, all die Töpfe und Pfannen und danach die Teller und das Besteck. Sie mussten dafür bezahlen, und sie taten es ohne Widerrede. Als wir Stunden später am Tisch saßen und zu Abend aßen, sagte meine Mutter nichts, als ich mir mit meinem orangegelben Schnabel geräuschvoll die Fleischbrocken herauspickte und Rigatoni in einem Stück hinunterschlang. Zweimal legte sie lediglich ihre Hand auf meine grüne Haube und ließ sie da liegen, als wäre sie für jegliche Zärtlichkeitsbekundung eigentlich zu erschöpft. Mein Vater redete nicht mit mir. Auch nicht mit meiner Mutter. Er schmatzte sehr laut, und dann war der Tag schon vorbei, und ich zog mich in mein Nest zurück. Mein Schwanz hing hinaus, lang und unbedeckt, und berührte den Boden.

Eines Abends.
Ich kam eines Abends von meinem Musikunterricht nach Hause, ich war erst fünf geworden, aber Musik war schon mein ganzes Leben. Ich sang und spielte Klavier. Vor allem sang ich. Und die Welt hörte zu: Ich sah die Welt in der ersten Reihe sitzen, die Welt saß in der ersten Reihe und lächelte mir wohlwollend zu. Und dann, eines Abends, machte ich die Haustür auf, meinen Kopf und meinen Körper meiner Oma zugewandt, sie hatte mich, wie so oft, abgeholt. Ich lachte, sie konnte mit mir nicht Schritt halten, ich flog buchstäblich die Treppe hoch, sie staunte und wunderte sich über meine Flinkheit. Ich trat in den Flur, trillerte immer noch, gluckste. Alles war dunkel, kein Licht, in der ganzen Wohnung nicht. Ich blieb stehen, rief nach Oma, sagte, sie solle sich beeilen. Dann erschien meine Mutter in der Küchentür, ihr Gesicht ebenfalls dunkel.

Es war Sommer, und sie hatte ein leichtes helles Kleid an, aber ihr Gesicht, ihr ganzer Kopf war von Dunkelheit verschlungen. Kein Licht brannte in der ganzen Wohnung, und dennoch sah ich es. Auch in der Finsternis sah ich die blauen Schatten um ihre Augen, vor allem um ihr linkes Auge, blau war der Schatten und funkelte. Wie selbstverständlich. Wie, als wäre nichts. Ich fing an, von dem Lied zu erzählen, das ich an dem Tag gelernt hatte, ich erzählte und erzählte und hörte nur das Zwitschern, das aus meinem Schnabel strömte, strömte und fiel, ein Wasserfall an Tönen. Ein Seitenblick genügte, und ich bemerkte meine Flügel, ein Zittern, kleine winzige Flügelschläge wie ein Zittern. Und blau, türkisblau, königsblau. Der Oberkopf blau gebändert. Leuchtend blau wie das neue Lied. Blau wie das Gesicht meiner Mutter. Meine Oma schob mich zur Seite, ich flatterte weg, verströmte die blauen Noten in den Flur, in die Küche, ins Wohnzimmer, ließ sie um das blaue Gesicht meiner Mutter schweben, ein Küsschen hier, ein Küsschen da. Meine Mutter legte sich die Hände aufs Gesicht, als hätte ich sie verletzt, mit meinem langen Schnabel gestochen, ihr Gesicht blau gefärbt. Sie ließ sich von der Oma umarmen, lehnte die Stirn auf Omas Schulter, und weil sie so viel größer war als Oma, sah sie gebrochen aus, als wäre ihr ganzer Körper samt Haaren, die zu ordentlich waren, so ordentlich, als würden sie ihr nicht gehören, blau geworden. Ein Meer aus gebrochenem Blau. Und ich über diesem Wasser, fröhlich singend, ungehört, kaum wahrgenommen, schaukelte hin und her, hin und her und wünschte mir ein Vogelbuch zu Weihnachten. Ich wartete geduldig, schwang meine Flügel, flog niedrig und geradlinig und bekam es dann auch. *Deutschlands Vögel* hieß das große Buch und war voller großartiger Bilder. Und der Eisvogel hatte einen besonderen Platz darin, und ich lächelte zufrieden, als ich mich sah. Gleich zwitscherte ich los und überflog die nassen Oberflächen unbemerkt, fast wie ein Fliehender, ein Meister im Verschmelzen mit dem Blau um mich herum. Ein kühner Taucher. Ein leichtflügeliger Jäger.

Als ich am Heiligabend mit meiner Oma das Buch durchblätterte, erzählte sie von ihrer ersten Begegnung mit dem Eisvogel. An der Nordsee war das gewesen, da war die Oma noch ein Mädchen, hatte weder mich noch meine Mutter gehabt, ein Buch im Schoß, aber gelesen hatte sie nicht, sie hatte auf das Meer geblickt, Möwen beobachtet, als plötzlich, so unerwartet, dass es ihr die Sprache verschlug, nicht einmal einen winzigen Schrei brachte sie heraus – ein Vogel auf ihrem Knie landete. Einen Augenblick nur blieb er da sitzen, einen Nicht-der-Rede-wert-kurzen-Augenblick. Sie sahen sich in die Augen, der Vogel und das Mädchen, das später, viel später meine Großmutter wurde. Blau. Das war das Einzige, woran sie sich noch erinnern konnte, als ihre Mutter aus dem Strandkorb hochsprang, ihr Buch fallen ließ und schrie: »Ein Eisvogel!«, und der Eisvogel im gleichen Moment abflog. Ab zum Wasser, ab zu den Wellen. Auf und davon. Das Mädchen fing an zu weinen, so plötzlich war alles geschehen, und weinte noch heftiger, als ihre Geschwister, alle älter, viel älter als sie, sie auslachten, ihre Tränen auslachten. Ich saß auf ihrem Schoß, ihre Finger bedeckten das Bild des Eisvogels, und ich legte meinen Flügel darauf und wünschte mir, wünschte ihr, sie würde mich sehen, wirklich sehen, und sich über ihren Eisvogel freuen. Ich machte mich noch kleiner, als ich war, versteckte den Schnabel unter dem Flügel und kuschelte mich entschlossen an die nach Plätzchen riechende Weichheit meiner Großmutter, als wäre sie mein Nest und ich ihre Kindheit. Alles selbstverständlich, alles angenommen.

Eines Tages.

Eines Tages in der ersten Klasse hob in der ersten Reihe der schwarzhaarige Junge neben mir die Hand und ließ sie auf meinen Kopf fallen. Laut fiel die Hand, knallte sogar und hallte wie ein Schrei. Die Überraschung war fast so groß wie der Schmerz. Ich sah in seine Augen, in seine Pupillen, und dachte, eine Lachmöwe in dem Spiegelbild entdeckt zu haben, aber nur für einen kurzen Augenblick. Mir schien es, als könnte ich meine dunkle Kapuze und den tiefroten Schnabel sehen. Schon hörte ich laute, gackernde Rufe. Schon erhob ich mich elegant und wendig und war dabei, davonzugleiten. Als der Junge blinzelte und ich erschrocken schluckte und mein Körper schmerzte und auf dem Stuhl sitzen blieb und in sich sank. Klein wurde, immer kleiner. Kleiner als Hummelkolibri ging aber nicht. Kleiner als Bienen- oder Elfenkolibri. Kleiner als Bienen- oder Kubaelfe. Kleiner als *Mellisuga helenae* ging einfach nicht. Unsichtbar ist gut. Unsichtbar ist manchmal sehr gut. Kein Grund, sich zu schämen. Für den Rest des Tages verschwand ich. Ich hörte die Lehrerin nach mir fragen, eine Suche starten, die Direktorin informieren, meine Mutter wurde angerufen. Während ich die ganze Zeit umhersummte, meine Flügel bibberten, mein Herz raste und ich unzählige Orte fand, um mich zu verstecken. Nachdem die erste Angstwelle von meinen Flügelschlägen zerstreut worden war, genoss ich die vollkommene Anonymität. Mein Kopf schmerzte an der Stelle des Knalls. Ich hörte den Schlag immer noch und immer wieder. Aber ich war in Sicherheit, und das war das Wichtigste, und keine Hand und keine Faust konnte mir etwas antun, während ich der Lehrerin und anderen Suchenden folgte und mich über die Tränen des schwarzhaarigen Jungen freute, der bei der Direktorin sitzen bleiben und auf seine Mutter warten musste. Rotz lief ihm aus der Nase, und ich dachte, dass das alles seine Richtigkeit hatte und dass jeder bekommt, was er verdient. Das dachte ich, noch ein Mädchen damals, erst sechs Jahre alt. Meinen grünen Kopf hielt ich gesenkt, hatte Angst, jemand könnte meine Gedanken erraten, mir meine Schadenfreude übel nehmen. Mich bemerken und entlarven und verstehen.

Als meine Mutter das Lehrerzimmer betrat, aufgeregt und stumm, brachte mich ihr weißes Gesicht, das keine einzige blaue Spur, nicht einmal andeutungsweise, preisgab, zum Weinen. Der Knall, der Schlag. Ich vergaß ihn für einen Augenblick, suchte in den Augen meiner Mutter nach etwas, ich weiß nicht, wonach, ich suchte und fand es nicht und suchte und tat dann so, als hätte ich es gefunden, denn ich wurde hungrig, der Tag war lang und voller unerwarteter Momente gewesen, und ich wollte nach Hause, und wenn das hieß, ich musste so tun, als ob ich das, was ich suchte, gefunden hätte, dann würde ich es tun. Also tat ich es, und ich berührte die Hand meiner Mutter, ganz leicht und doch mit einem gewissen Nachdruck, sodass sie es auf keinen Fall überfühlen konnte, mich ansehen, meinen Flügel anfassen musste. Alle sprechenden Münder verstummten. Meine Mutter nahm mich nach Hause mit. Sie drohte nicht, sie beschwerte sich nicht, sie sah mich gelegentlich von der Seite an, schüttelte den Kopf, aber nicht über mich, nein, das wusste ich, das war vollkommen klar. Sie ging schnellen Schrittes, bald waren wir zu Hause, und sie schickte mich auf mein Zimmer. Ich schwebte davon, mein Herz stürmte in meiner winzigen Brust. Die Stunden vergingen. Mein Vater kam von der Arbeit nach Hause, ich hörte sie in der Küche reden, verstand aber nichts, meine Mutter hatte die Tür geschlossen. Das Abendessen war fertig, ich konnte es riechen, doch keiner kam mich holen. Die Stimmen wurden lauter, und ich dachte an die Gerichte, die mein Vater wahrscheinlich mit wenig Lust und noch weniger Liebe zubereitet hatte. Alles umsonst. Und das war dann der einzige Augenblick, in dem ich glaubte, dass es vielleicht doch besser gewesen wäre, eine Lachmöwe geblieben zu sein.

Erst am nächsten Morgen kam meine Mutter in mein Zimmer und schickte mich ohne ein Wort in die Schule. Mein Vater war schon weg. Er hatte eine kleine Zeichnung in meiner Schultasche hinterlassen, die ich erst in der Pause entdeckte.

In den nächsten Jahren.

Ich wurde so viele verschiedene Vögel in den nächsten Jahren, ich kann mich nicht an alle erinnern. Ein Streit, ein Vogel. Ein schiefer Blick, ein Vogel. Ein falsches Wort. Ein lautes Wort. Ein blaues Auge und ein gebrochener Arm. Eine Angst, die in Erfüllung ging. Ein Schlag, ein Vogel. So viele Vögel. So viele Lieblingsfarben, Lieblingsgrößen. Der Mauerläufer, der nicht singen, nur pfeifen kann, aber leuchtend rote Flecken an den Flügeln hat. Oder das Wintergoldhähnchen mit seinem gelben Fleck auf dem Oberkopf, so winzig klein, so nützlich beim Versteckspielen. Als Gelbhaubenkakadu ging ich zur Hochzeit einer Cousine von mir und stahl ihr in meinem elfenbeinweißen Kleid die Show, nichts anderes hatte sie aber auch verdient. Wenn ich böse war, wurde ich Takahe oder Kaka, blickte hart und gehässig um mich. Ich wechselte mein Gefieder wie meine Unterwäsche. Und ich flog. Ich flog über die Stadt, ein richtiger Jäger, ein Kampfadler, und über den Wolken, ein Schakalbussard, und vor allem über den Köpfen der Menschen, die mir nahe standen, ein Singhabicht. Aber wohin auch immer meine Flügel mich brachten, ich kehrte wieder zurück, nach Hause, in mein Zimmer, das ich mit niemandem teilen musste, denn es gab niemanden, mit dem ich es hätte teilen können. Es gehörte alles mir. Die vier Wände und das Bett und der Schrank und der Nachttisch und das Regal und der Schreibtisch und der Schreibtischstuhl und der Sessel. Als ich elf wurde, bat ich meine Mutter, mir einen großen Spiegel zu kaufen. Sie sagte zuerst nichts, ich glaube, sie hatte es nicht verstanden. Sie sah mich nur enttäuscht an, als wäre mein Wunsch zu oberflächlich oder gewöhnlich oder trivial oder mädchenhaft oder übertrieben oder alles auf einmal gewesen. Sie sah ihre Mutter an, auch ich sah Oma an, sie schwieg, lächelte, aber schief. Meine Mutter zuckte mit den Achseln, und zu Weihnachten bekam ich einen Standspiegel. Ich sang vor Glück und vor Trauer, ich sang einfach immer. Ich betrachtete meinen Körper beim Singen, entschlossen, mir jede seiner Bewegungen zu merken und festzuhalten. Am Notenständer am Klavier befestigte ich einen kleinen runden Spiegel, in den lediglich mein Mund hineinpasste. Mein Schnabel. In allen Farben und Formen und Ausführungen. Selten, nur sehr selten konnte ich darin beobachten, wie sich meine Lippen verhärteten, verlängerten, vergrößerten, anspitzten. Wie sie sich öffneten und kein Lied herauskam, nur Töne in allen Lagen und Längen und Farben. Laut wie ein Zaunkönig, mehrstimmig wie ein Rotsichelspötter, variationenreich wie ein Rotaugenlaubwürger. Aber ob bezeugt oder nicht, selbstverständlich war sie weiterhin, diese Verwandlung. Es nicht mitzubekommen, genauso. Ich war die singende Königin der Lüfte. Eine fliegende Callas.

Eines Tages.

Eines Tages verliebte ich mich. Eines Tages kam ich zu meinem Gesangsunterricht und verliebte mich. Ich kam zu meinem Gesangsunterricht, und da stand er. Ein Unbekannter. Ein Ersatzlehrer. Lediglich eine Vertretung. Mit dem schmalen Rücken zu mir schaute er aus dem Fenster, erwiderte nicht meinen Gruß. Ich blieb neben dem Klavier stehen, ein achtzehnjähriges Mädchen, eine schüchterne junge Frau. Ein graues Nichts ohne Gefieder. Schon flatterte ich sanft, flatterte tonlos, wechselte die Kleidung, war schon dabei, den Mund zu spitzen, als er sich umdrehte und ich alles fallen ließ, alle Federn fächelten von mir ab. Sein Blick. Seine Augen. Ich blieb. Mein Bleiben nahm kein Ende. Ich schlug Wurzeln. Ich vergaß den Kampfläufer im Frühjahr und den Kiebitz mit seiner steilen Stirn. Was kümmerte mich der Merlin, wenn er nicht zaubern konnte? Oder die Schwarzkopfruderente mit ihrem blauen Schnabel? Keine blauen Flecken mehr. Die blaue Arie war zu Ende. Kein Applaus. Keine Verbeugung. Vom Vorhang erschlagen. So vertrieb der Blick dieses Mannes die Farbe Blau aus meinem Leben. Aus meinem Gesang. Er sagte kein Wort. Er stellte sich nicht vor und fragte nicht nach meinem Namen. Er setzte sich ans Klavier und fing an zu spielen. Er fragte nicht, was ich bis jetzt gesungen, was ich geübt hatte, er fragte nicht nach meinem Wunsch, meinem Lieblingslied, er spielte einfach los, leichtfingrig und selbstsicher und erwartete offensichtlich, dass ich ihm genauso selbstsicher und leichtstimmig folgte.

Ich tat es nicht. Ich verharrte in meiner Stummheit wie ein Neugeschlüpftes in seinem Nest. Und er spielte. Nach einer Stunde stand er auf und verließ den Raum, und ich glitt zu Boden und atmete aus. Wir wiederholten das dreimal. Das vierte Mal sagte ich, wie ich hieß. Er nickte und sah mich an wie das erste Mal. Seinen Namen verriet er nicht. Sie heißen Sebastian Pirol, sagte ich. Ein Pirol brütet in ganz Europa bis Finnland und Südschweden, ist zwischen 22 und 25 cm groß, die Flügelspannweite beträgt 35 cm, das Gewicht 55 g, Lebensdauer bis 5 Jahre, sein Ruf ist rau und heiser, sein Gesang besteht aus kräftigen, melodischen Flötentönen, der Körper ist lang und schlank, das Gefieder lebhaft gelb und tiefschwarz, der Schnabel rosa-

rot, er fliegt schnell und geradlinig, nur leichte Wellenbah-
nen. Ich war nicht zu stoppen. Er konnte seine Augen von
meinem Mund nicht abwenden. Dann lachte er, setzte sich
ans Klavier und spielte. Ich sang. Als die Stunde um war,
stand er auf, kam auf mich zu und küsste mich. »Ich hoffe,
mein rosaroter Schnabel verletzt Sie nicht«, murmelte er
zwischen meinen Lippen.

Ich verließ mein Zuhause. Ich nahm meinen Spiegel und
meine Noten mit, ich sagte allen, dass ich sie liebte, meine
Großmutter umarmte ich. Sie weinte. »Überstürze nichts,
mein Kind«, sagte sie. Ich konnte nur den Kopf schütteln,
wischte meine Tränen an ihrer Wange ab. Meine Mutter
wollte mich nicht ansehen, ihr Blick musterte anklagend
die abgenutzten Windungen der Teppichverzierungen.
Mein Vater ging in die Küche und fing an zu kochen,
obwohl die Abendessenszeit schon längst vorbei war, und
flüsterte mal lauter, mal leiser »Warum, aber warum« vor
sich hin. Ich verließ mein Zuhause auf zwei Beinen, ich
flog nicht hinaus, weder tief noch hoch, ich ging, und das
fühlte sich gut an, das fühlte sich wunderbar an. Voller
Liebe und Dankbarkeit und mit ein wenig Nostalgie ließ
ich meine Vögel frei, ließ sie fliegen, sie bedeckten den
Himmel, färbten ihn bunt, ließen ihn zittern, beben – und
ich schritt hinaus.

Das Leben mit Sebastian war schöner als ein Rosafla-
mingo, bunter als alle Papagei- und Paradiesvogelarten
zusammen. Seine Wohnung war winzig, ich fand kaum
Platz für meine Sachen. Obwohl ich kaum etwas mitgenommen hatte. Der Wunsch nach dem Vergessen war
groß. Ich sang. Sebastian spielte, und ich sang. Ich schlief
in Sebastians Armen in seinem Bett, das schon für einen
Menschen zu klein war. Das störte uns nicht. Wir schliefen
ruhig und tief, so tief und so ruhig hatte ich in den letzten achtzehn Jahren nicht geschlafen. Und wenn einer von

uns wach wurde, dann liebten wir uns. Ich erfuhr Gefühle, Gelüste, Gedanken und Sensationen, alle so unbekannt und unerwartet und ungeahnt – die mich allmählich meine Vögel vergessen ließen. Ich liebte Sebastians Mund, der nie wehtat. Ich liebte seine Hände, die nie herabfielen, weder zufällig noch mit Nachdruck, die eine feurige Hitze ausstrahlten; seine Arme, die mich tragen konnten, ohne je müde zu werden. Ich liebte seine Augen, die mir folgten, mich anlächelten, mir das Gefühl gaben, es gäbe nur mich, die Welt sei vernichtet worden, und es gäbe nur mich. Seinen Blick, der mich widerspiegelte – ich brachte meinen Standspiegel in den Keller. Ich liebte Sebastians Leidenschaft. Wie ein Wirbel, ein Wasserstrudel erfasste sie mich und ließ mich tagelang schweben, fliegen sogar. Höher als Sperbergeier, als Singschwäne. Länger als Rußseeschwalben. Ich liebte seinen schnellen Gang, ich erkannte seinen Schritt im Treppenhaus schon nach ein paar Tagen unseres Zusammenlebens, die Leichtigkeit seiner Füße, die mich an eine Atlantisralle erinnerte. Und wir lachten, wir lachten so viel, ich liebte unser Lachen. »Dein Lachen ist wie ein Gesang«, sagte er mir. Wir saßen auf dem Sofa, und er sagte mir das und andere Sachen mehr wie »Deine Haare sind wie Basssaiten, stark und kräftig«. Das sagte er mir, immer fand er die richtigen Worte, und ich lachte, lächelte, und manchmal weinte ich tief wie ein Trauersteinschmätzer. Sebastian stellte keine Fragen, er breitete seine langen Arme aus und zog mich an sich, meine Tränen sein Durstlöscher. »Ich werde die weltberühmteste Opernsängerin werden«, sagte ich, meine Lippen an seinen. »Ich werde der weltberühmteste Pianist werden«, sagte er, sein Mund auf meinem. So wurde unsere Zukunft unabdingbar besiegelt. Man kann seine Worte nicht zurücknehmen. Man muss sehr darauf achten, was man sagt. Die Ohren vergessen nichts, nichts, niemals.

Jahre vergingen.

Jahre vergingen, in denen ich meine Eltern nie besuchte und meine Großmutter verlor. Ich ging zur Beisetzung. Ich ging zur Beisetzung als Eisvogel, versteckte mich so vor allen Menschen und ehrte meine Oma, ihre Liebe zu mir, unsere gemeinsamen Stunden, meine Erinnerung an das kleine Mädchen an der Nordsee. Das Gefieder, die kurzen Beine und der lange Schnabel fühlten sich gleichzeitig so vertraut und so fremd an, dass ich, bevor wir zur Trauerfeier aufbrachen, heimlich in den Keller rannte und mich lange betrachtete. Von allen Seiten untersuchte ich mein Gewand, meine neue alte Erscheinung, und konnte nicht aufhören zu staunen, mich zu erinnern – ein wenig Sehnsucht mischte sich mit der Freude des Wiederfindens, des Wiederentdeckens. Ich erkannte mich, und ich erkannte die Gefühle, und ich erschrak – ging aber dennoch so, flatternd und scharf zi-itend, um mich von meiner geliebten Oma zu verabschieden.

Sebastian sah mich an, als ich in die Wohnung zurückkam, außer Atem und ganz blau, und er sagte nichts, konnte aber nicht aufhören, mich anzustarren. Er schwieg den ganzen Weg zum Friedhof, er fragte nichts, nicht laut und nicht deutlich – seine Blicke machten mich aber unruhig, ich fühlte mich nicht ganz wohl in meinem Gefieder. Am offenen Grab nickte ich leicht meiner Mutter zu, sie trug einen geschlossenen Regenschirm in der linken Hand, ihre Finger fast grau von der Anstrengung des festen Haltegriffs, sie hatte ein kaum sichtbares Lächeln für mich, eine Grimasse, die wehtat; mein Vater trug eine schwarz-braune Sonnenbrille, obwohl der Himmel dunkel und feucht war, er schaute zum offenen Boden, ins Loch hinein, ich sah seine Schultern sinken, erbeben. Meine Eltern, eine lange Geschichte. Wann hatte die Liebe aufgehört? Hatte sie das überhaupt? Man liebte und dann plötzlich nicht. Oder man liebte und schlug dennoch. Ich schloss die Augen, all die Jahre, ich schloss die Augen und bekam Angst. Aus meiner Brust kam ein Laut, ich dachte, jetzt ist es wieder so weit. Sebastian legte die Hand auf meinen Flügel. Ich hätte weinen können, hätte ich weinen können. Meine Großmutter verschwand langsam, surrend. Meine Unruhe blieb. Ich legte eine weiße Rose und eine blaue Feder neben das Kreuz, und wir gingen. Sebastian und ich gingen weg, und niemand hielt uns auf. Als wir nach Hause kamen, schloss ich mich ins Badezimmer ein und weinte vor dem Spiegel, nahm Abschied vom Eisvogel. Danach sang ich. Ich hörte Sebastian im Wohnzimmer Klavier spielen, er folgte mir. Mein Sebastian.

Eines Samstags.

Es war Juni, und es war ein sonniger Samstag. Wir heirateten eines Samstags im Juni, und wenige Freunde waren dabei. Ich im stolzen Gewand eines Pirols, gelb, alles war gelb, nur Sebastians Augen waren grün und ernst, spiegelten ganz kurz, unerwartet zwei Menschen, die nicht da waren, die mich aber weiterhin festhielten. Meine zittrige Hand. »Liebst du mich noch?«, fragte ich ihn, als wir dabei waren, die Ringe auszutauschen. Er starrte mich an statt einer Antwort. Ich wiederholte die Frage und er seinen Blick, und so ging das eine Weile hin und her, einige Freunde lachten. »Wenn wir verheiratet sind, wirst du mich dann schlagen?«, fragte ich, und Sebastian ließ meine Hand fallen. Niemand lachte. Ich wiederholte die Frage nicht, und wir gingen ins Restaurant, wo wir einen langen Tisch reserviert hatten. Keine Musik. Die Braut wollte singen. Alle wollten, dass die Braut sang. Ich zog mein gelbes Bolerojäckchen aus und sang. Ein Lied nach dem anderen, eine Arie nach der anderen. Sebastian sah in sein Glas, als würde er mich darin suchen, als wäre ich ertrunken und er müsste mich retten. Nach der Hochzeitstorte entschuldigte ich mich bei ihm. Er sah in das Glas, suchte. Ich entschuldigte mich noch einmal. »Ich liebe dich«, sagte ich, und er suchte in seinem Glas nach seiner Frau. Wir zogen in eine neue Wohnung. Beim Umzug fiel ich die Treppe hinunter, und mein Auge wurde blau. Sebastian brachte Eis und küsste mein Auge mit spitzen Lippen. Ich lachte, nicht sofort, aber bald danach.

Ich sang jetzt jeden Abend in der Oper, mein Name stand an allen Plakaten in der Stadt. Ich sang in der Oper, und Sebastian trank. Mal Wein, mal Cognac. In der Nacht liebten wir uns. Ich dachte, alles wäre in Ordnung. Ich dachte, wir wären in Ordnung, als ich eines Morgens in den Spiegel sah und das schwarze Auge einer Sturmschwalbe erblickte. Ich erschrak. Ich hatte es vergessen. Ich erschrak. Ihre Schwärze brachte mich zum Weinen, ich rief nach Sebastian. Ich rief und wurde nicht gehört, und so flog ich aus dem Badezimmer, aus der Wohnung, der neuen Wohnung, die drei Zimmer hatte und nicht mehr so winzig war. »Hier passen sicher noch zwei Menschen rein, zwei kleine Menschen«, hatte Sebastian gesagt, und wir hatten uns umarmt und geküsst, und ich hatte gedacht, was für eine wundervolle Idee.

Jetzt flog ich aber hinaus, in die Höhe, flog weg, aber widerwillig. Ich sah mich nicht um, die Augen voller Tränen. Am Abend sagte Sebastian nichts, als ich ihm keine Antwort auf die Frage, was ich gemacht habe, gab. Wir aßen in Stille und Einsamkeit. Dann sang ich, und Sebastian trank. Ich dachte an den Seidensänger, hielt mich an den Kulissen fest und sang. Die Zuschauer klatschten, und ich verbeugte mich tief, mein Gesicht grau, mein Schnabel kurz und spitz. Sebastian saß nicht in meiner Loge. Sebastian saß schon seit Jahren nicht in meiner Loge, und unsere Wohnung wurde zu eng für zwei Menschen, die zu zweit geblieben waren. Ich flog von der Bühne und verabschiedete mich von niemandem. Zu Hause lag Sebastian auf dem Sofa im Wohnzimmer und schlief. Ich legte sanft einen runden Flügel auf seinen Rücken, er rührte sich nicht. Ich dachte: bitte nicht. Ich ging in unser Zimmer, schlich in unser Bett und öffnete das Vogelbuch, das alte, das meine Oma mir damals geschenkt hatte. Alte Freunde, alte Bekannte. Ich schlief ein mit dem Buch auf der Brust und wachte im Morgengrauen mit dem Gefühl auf, ich würde ersticken.

Dann starb meine Mutter, kurz danach mein Vater, und ich dachte, jetzt wäre es so weit, jetzt wäre ich endlich frei, ganz frei, auch ohne Flügel. Ich wollte weinen, tat es aber nicht. So viele verpasste Chancen. Ich suchte nach Sebastian und fand ihn. Er hielt meine Hand. Er hielt meinen Flügel. Er blieb bei mir, hielt mich, mein Anker. »Liebst du mich noch?«, fragte ich ihn, als wir nach Hause kamen. Er küsste mich und öffnete eine neue Flasche Wein. Ich dachte, es könnte noch alles in Ordnung kommen. »Lass uns verreisen«, sagte ich, und Sebastian packte unsere Koffer. Wir flogen nach Madrid. Wir liebten uns im Hotelzimmer auf dem dicken Teppich vor dem Bett, und wir lachten und waren glücklich. Ich verliebte mich in die Stadt. Ich wollte dableiben, ich traf den Operndirektor, und er empfing mich mit offenen Armen. Im Hotelzimmer erwartete mich dann Sebastian mit einer leeren Flasche. Er fragte nicht einmal, was er dann hier, in Madrid, tun würde. Die Antwort hätte uns umgebracht, auf der Stelle umgebracht. Worte sind Gift. »Liebst du mich noch?«, fragte ich und ging ins Badezimmer. Sanderling, Sanderling, du bist ein Sonderling! So rief ich mir zu, scharf und kurz. Mit meinem geraden Schnabel klopfte ich schnell auf mein Spiegelbild, als wollte ich es ausstechen. Im Zimmer fiel etwas Schweres auf den Boden, und ich klopfte noch rascher.

Wir flogen heim. Sebastian hielt meinen Flügel, ich sah ihn nicht an.

Eines Nachts.

Eines Nachts nach der Premiere von *Carmen* kam ich nach Hause, nachdem alle außer mir feiern gegangen waren. Sebastian saß vor dem Fernseher. Auf seinem Schoß ein Buch. Mit meinem siebenundvierzig Zentimeter langen Schnabel bohrte ich ihm ins Herz. Mit aller Kraft. Mit aller Trauer. Aller Enttäuschung. Ich bohrte ihm ins Herz mit aller Liebe, der Erinnerung an sie. In einem Augenblick der australische Brillenpelikan, dessen Schnabel zwar der längste war, zum Bohren aber wenig geeignet. Im nächsten schon das europäische Rotkehlchen, der aggressivste aller Vögel. Wie ein Kasuar griff ich ihn an, durchschnitt ihm mit meinen zwölf Zentimeter langen Krallen das Nackenfleisch. Ein mystisches Wesen, ein Vogel aus Urzeiten. Ohne ein Wort ging ich ins Schlafzimmer und machte die Tür zu, sperrte sie ab. Alles weg. Aus der Nachttischschublade nahm ich zwei Schlaftabletten, schluckte sie hinunter ohne Flüssigkeit und erstickte fast dabei. Ich hustete. Ich hustete so stark und lange, dass ich mich erbrechen musste. Ich blieb auf dem gefliesten Boden neben der Toilettenschüssel liegen.

Am nächsten Morgen.

Am nächsten Morgen saß Sebastian immer noch im Sessel vor dem laufenden Fernseher, ein Buch im Schoß. Ich kam näher. Maria Callas' Biografie. Mein Lieblingsbuch voll mit meinen Notizen und Anmerkungen und Ausrufen der Begeisterung, ein Geschenk meiner Großmutter, die es nicht mehr gab, sie war weg, alles war weg und verschwunden. Auch Maria Callas schon lange tot. Und meine Eltern. Alles tot.

Der Fernseher lief. Tonlos und bunt und nervös zuckte das Bild. Sebastian. Ich legte einen Flügel auf seinen Kopf, seine Haare glatt und weich. Ich hatte mich vor einer Ewigkeit in einem Augenblick in ihn verliebt. Ein einziger Blick hatte genügt, und ich hatte mich verliebt. Am Fenster hatte er gestanden, hatte mich nicht angesehen, meinen Namen nicht gekannt, sich nicht für mich interessiert. Und dann war ich zu ihm gezogen, und später dann hatten wir geheiratet, und eines Nachts kam ich nach Hause, und alles war tot.

Ich verabschiedete mich liebevoll. Liebevoll verabschiedete ich mich von der Großmutter, den Eltern, meinem Sebastian. Ich zwitscherte ihnen freudig zu, ich wollte es nicht traurig beenden, ich wollte daraus ein Fest machen. Ich zog mein buntes Gefieder an. Grün, alles grün. Smaragdgrün. Ein Kammtrogon. Ein *Pharomachrus antisianus*. Eine Hommage. Alles unsichtbar im Dickicht des Urwaldes. Grün waren seine Augen. Ich ließ meine Flügel flattern.

Sebastian beobachtete mich. Mitten in der Bewegung blieb ich stehen. Ich lächelte ihn an, ließ meinen Flügel über seine grünen Augen gleiten, als wäre er schon tot. Er sagte nichts. Ich sang nicht. Er verlagerte leicht sein Gewicht, kam dabei auf die Fernbedienung, und der Fernseher schrie auf. Ich zuckte zusammen. Sebastian auch, er sprang aber nicht aus dem Sessel hoch, ließ das Buch nicht fallen, blieb einfach da sitzen, so, als ob. Schrilles Lachen erfüllte unser Wohnzimmer, laute Abspannmelodie. Abschiedsmusik.

Und dann.

Zunächst.

Zunächst flog der Fernseher aus dem Fenster, danach die nicht zu Ende gelesene Biografie über Maria Callas und dann erst ich. Von uns dreien war ich die Einzige, die fliegen konnte.

Michael Köhlmeier
Sechs Tiermärchen

Heinrich der Löwe

Als Heinrich erst nur Herzog Heinrich hieß und noch nicht Heinrich der Löwe, da war er jung gewesen und hatte nichts anderes im Kopf gehabt, als Abenteuer zu erleben, und zwar solche, die allen anderen zu gefährlich waren, sodass ihm nichts anderes übrig blieb, als mausallein auf Fahrt zu gehen. Er wollte nur weg, weit weg. Und das hat noch einen anderen Grund gehabt neben seiner Abenteuerlust. Ihm ist nämlich, da war er noch ein Bub gewesen, von einem bunten Weib auf dem Jahrmarkt geweissagt worden, ihm werde eines Tages der Teufel in Leibhaftigkeit erscheinen, und das wollte er, weil er ja ein vernünftiger Kerl war, vermeiden, denn so viel wusste er: Dem Teufel, wenn er einmal vor einem steht, kommt man nicht aus. Nur ganz wenige, die ihm je ausgekommen sind. Darauf wollte er es nicht anlegen. Und darum auch wollte er fort. Weil er sich dachte, das rentiert sich für den Teufel nicht, wenn er ihn auf der ganzen Welt suchen muss. Der hat hier so viel Auswahl, da braucht er sich doch wegen einem, einem Einzigen, nicht so einen Aufwand aufzuerlegen, der Teufel.

So machte sich Heinrich auf, und er kam in Gegenden und Erdteile, die damals noch gar keinen Namen hatten, und wenn doch, dann einen, den Heinrich nicht aussprechen konnte – und wahrscheinlich auch nicht der Teufel. Zum Beispiel betrat er den Urwald. Von dem wusste er bis dahin nur, dass es ihn gab, mehr wusste er nicht. Und nun war er mittendrin. Bäume grad und Bäume quer, Sümpfe und Vögel mit Schnäbeln, so groß wie Krokodilmäuler, und Krokodile und Schlangen und auch Zauberwesen. Ja, Zauberwesen. Auch Drachen? Ja, auch Drachen. Hört zu!

Eines Tages gelangte Heinrich auf eine Lichtung, da bot sich ihm ein Schauspiel, für das hätte er zu Hause in Bay-

ern oder oben in Braunschweig so viel Eintritt verlangen
können, der hätte ausgereicht, um sich davon ein Schloss
zu kaufen: Ein Löwe kämpfte gegen einen Drachen! Und
es sah so aus, als würde der Löwe unterliegen. Der Drache
hatte ja auch zwei Köpfe mehr als der Löwe, das war eindeutig ein Vorteil für den Drachen, dazu kam noch, dass jedes
Drachenmaul Feuer spie. Der Löwe blutete an der Flanke,
und Schaum tropfte von seinem Maul. Schon waren ihm
einige Krallen an den Pranken abgebrochen, und die Mähne
war versengt, und schon wieder bekam er einen Hieb ab und
schon wieder einen. Da konnte Heinrich nicht mehr länger
zusehen. Der Löwe ist ja ein edles Tier, während der Drache überhaupt kein gutes Image hat, ein Stinker mit Augen,
zu denen man keinen Zutritt hat. Nie hat man gehört, dass
ein Heiliger einen Löwen getötet hätte. Einen Drachen aber
schon. Man denke nur an Sankt Georg.

Also stürzte sich Heinrich mit seinem Schwert auf den
Drachen, scheute sich nicht vor Hieb und Feuer, drosch,
stach und schlug dem Scheusal erst einen, dann den zweiten und zuletzt auch noch den dritten Kopf ab. Da sank
der Drache mit Gebrüll und Gestank nieder und verendete.

Nun kümmerte sich Heinrich um den verletzten Löwen,
der nur noch schwach hechelte. Er behandelte seine Wun-
den und redete ihm gut zu, schleppte ihn in den Schatten
und gab ihm Wasser zu trinken. Er wollte so lange bei ihm
bleiben und auf ihn aufpassen, bis er wieder ganz gesund
war. Dann aber wollte er sich von dem edlen Tier verabschieden und weiter allein seines Weges ziehen. Und er
dachte, das wird sicher auch dem Löwen recht sein.

Womit Heinrich aber nicht gerechnet hatte: Löwen sind
dankbar. Dankbar und treu. Von Herzen treu. Als Heinrich
den Löwen zum Abschied umarmte und sich umdrehte
und gehen wollte, da folgte ihm das Tier nach. Wie ein
Hund ging der Löwe neben ihm her, drückte von Zeit zu

Zeit seinen Kopf an ihn und knurrte so freundlich, dass Heinrich das Herz in der Brust ganz warm wurde. Also streifte er von nun an mit dem Löwen durch die Welt, und bei sich dachte er: Er ist mein Löwe, mein Löwe.

So viele Abenteuer erlebten sie gemeinsam. Taten Gutes. Befreiten Prinzessinnen. Waren gerecht. Waren standhaft. Verteilten an die Armen. Verheerten die Heere der Bösen. Lagen nachts unter dem Sternenhimmel, Heinrich den Kopf auf die Mähne seines Freundes gebettet. Tollten herum wie Kinder, wenn sie allein waren. Schritten dahin wie Könige, wenn sie eine Stadt betraten.

Aber irgendwann war Heinrich genug herumgestreift und wollte zurück nach Hause, nach Bayern oder Braunschweig. Aber ohne Löwe. Er meinte, ein Löwe passe nur in die Wildnis. Er meinte, sein Löwe komme zu Hause nicht gut an und er werde sich nicht wohlfühlen. Man wird mich auslachen, dachte er, man wird sagen, er ist selbst ein Wilder geworden in der Wildnis.

Mit schlechtem, sehr schlechtem Gewissen tat er Folgendes: Als er beim Meer angelangt war, baute er ein Floß und setzte auf das Floß ein Segel, dann sagte er zu dem Löwen – inzwischen konnten sie sich gut miteinander verständigen –, er solle doch kurz in den Urwald gehen und noch etwas zu essen holen. Er warte so lange. Aber er wartete nicht. Als das treue Tier im Dschungel verschwunden war, sprang er aufs Floß und fuhr hinaus aufs Meer. Der Löwe brachte Nahrung und sah weit draußen auf dem Wasser das Floß, und er meinte, sein Herr sei von der Flut abgetrieben worden, und er stürzte sich in die Wellen und schwamm und erreichte das Floß und legte sich dem Heinrich zu Füßen. Da schämte sich der Heinrich und sah ein, dass er eine große Sünde begangen hatte, und beschloss, den Löwen mitzunehmen, nach Bayern oder nach Braunschweig.

Floß auf Meer – das geht selten gut, das weiß man. Und auch diese Geschichte wäre nicht gut ausgegangen, hätte sich nicht der Teufel um Heinrich und seinen Löwen gekümmert. Ja, die Weissagung erfüllte sich. Da schaukelte das Gefährt mitten im unendlichen Horizont, nichts gab es mehr zu essen, nichts zu trinken, die Sonne brannte und dörrte, und das Ende schien nah – da tauchte der Kreuzbrunzer aus dem Wasser auf und sagte: »Guten Tag wünsch ich.«

Zweifel gab es da keinen: So einen Auftritt hat nur der Teufel zu bieten. »Was willst du?«, fragte Heinrich.

»Das Übliche«, sagte der Teufel. »Ein Spielchen will ich. Ein Spielchen um deine Seele. Ich rette dich, wenn du …«

So knapp vor dem Tod hat der Mensch keine Lust mehr auf theologische Dispute. »Einverstanden«, unterbrach ihn Heinrich. »Aber der Löwe kommt mit mir, so oder so, nach Bayern oder Braunschweig oder in die Hölle.«

Dem Teufel war's recht. Nur dass er nicht beide gleichzeitig transportieren konnte. Beide auf einmal waren selbst dem Teufel zu schwer. »Dich zuerst«, sagte er, »dann den Löwen.«

Das ging ruck, zuck. Kaum, dass Heinrich sich richtig umblicken konnte, waren sie schon in der Luft. Kaum, dass er dreimal durchgeatmet hatte, waren sie schon über Land. Kaum, dass er sich die Augen ausgerieben hatte, landeten sie schon auf bayerischem Boden. Endlich war er wieder zu Hause.

»Und nun zu unserem Spielchen«, sagte der Teufel. »Ich hole jetzt deinen Löwen, und wenn ich mit ihm zurückkomme, und du bist wach, dann habe ich verloren. Aber wenn du inzwischen eingeschlafen bist, dann beiß ich dir den Kopf ab und saug dir die Seele aus dem Leib, und bei deinem Löwen mache ich es genauso.«

Und schon war er davon.

Wenn es nicht mehr ist, dachte der Heinrich. Wenn es nicht mehr ist ... wenn es nicht ... wenn es ... wenn ... – Da war er eingeschlafen. Kein Wunder! Nach all den Abenteuern endlich zu Hause auf bayerischem Boden! Da schläft der Mensch doch ein! Das ist psychologisch erklärbar. Ganz leicht erklärbar sogar. Da könnt ihr jeden Experten fragen. Der Teufel, der wusste das natürlich, dieser hinterlistige Sauhund, der!

Und da kommt er auch schon wieder angeflogen, mit dem Löwen unter dem Arm. Und mit seinen Augen, mit denen er im Verborgensten stochern kann, was ja einer der Gründe ist, warum wir ihn so sehr fürchten, sah er schon von weit oben, dass der Heinrich schläft. Na ja, damit hatte er eigentlich gerechnet. Aber gefreut hat er sich doch. Der Löwe aber hat auch einen scharfen Blick. Nicht ganz so scharf wie der Teufel allerdings. Während der pelzige Bub ganz genau sah, dass der Heinrich schlief, meinte der Löwe, sein Herr sei tot. Und da brach ihm das Herz. Und er heulte und weinte, dass es nur so über das Land dröhnte. Und davon wachte Heinrich auf.

Dieses Spielchen also hatte der Teufel verloren. Hat jemand Mitleid mit ihm? Nein. Na also.

Von nun an war Heinrich nur noch mit seinem Löwen zu sehen, und deshalb nannten ihn die Leute: Heinrich der Löwe. Manche erzählten sogar, der Löwe sei Minister geworden. Erzählten sogar, er habe sich Kleider anfertigen lassen. Erzählten sogar, er habe eine Löwin geheiratet, die extra aus einem fernen Land nach Bayern oder Braunschweig gebracht worden sei. Wie auch immer: Als Heinrich starb, starb bald darauf auch sein Löwe. Der Schmerz hat ihm das Leben genommen. So groß war der Schmerz, dass sich sein Fleisch, seine Knochen, sein Fell, seine Mähne in Stein verwandelt hat.

Ein steinerner Löwe bewacht das Grab des Heinrich.

Der schwarze Käfer

Ein schlecht gelaunter Stallbub war einmal, der immer und überall, auch ungefragt, verkündete, er werde die schlechte Laune erst aufgeben, wenn er vor lauter Reichsein auch im Sommer in einem Hermelinmantel durch die Straßen ginge und zur Kühlung, die dann ja wohl nötig wäre, einen Extramann anstellte, der nichts anderes zu tun hätte, als ihm Luft ins Gesicht und in den Kragen zu blasen, allerdings nicht ohne vorher seinen Atem mit den allerfeinsten Kräutern zu veredeln, die das Gramm so viel kosteten wie im *Gasthaus zur Sonne* der beste Sonntagsbraten, und zwar derselbe gleich dreimal hintereinander, plus Apfelstrudel und Bier. Denn Reichsein sei alles, Armsein sei nichts.

Reden konnte er, der Stallbub, aber ein Stallbub blieb er deswegen trotzdem. Es gab keinen Zeitungsreporter in der Nähe, der auf ihn aufmerksam geworden wäre und sein loses Mundwerk geschätzt hätte. So redete er nur und redete und ging allen auf die Nerven.

»Der redet einem den letzten Pfennig aus der Tasche«, hieß es, und tatsächlich steckten die Knechte und Hirten die Hände in die Hosentaschen und hielten alles, was darin war, fest, wenn der Stallbub, der auch der Redefuchs genannt wurde, irgendwo plötzlich auftauchte.

Das war nämlich seine Spezialität: irgendwo plötzlich aufzutauchen. Dann starrte er einen an mit seinen rot geränderten Augen, und sein Mundwerk ging los, und die Worte tanzten zwischen seinen Lippen hervor, die ebenfalls rot waren vor lauter dass sich die Worte an ihnen rieben. Und die roten Augenlider hatte er vom Schauen, vom Schauen in der Welt herum, was sich alles in Worte verwandeln ließe.

Er redete auch mit den Kühen, gab ihnen Worte nicht weniger als Strohhalme zum Fressen. Mit den Schweinen redete er auch, und auch mit den Schafen und den Ziegen, sogar mit den Pferden, und natürlich auch mit Katz und Hund. Als dann die Kühe weniger Milch gaben und die Schweine das Gemästetwerden verweigerten, die Schafe keine Wolle ansetzten und die Ziegen sich niederlegten und verendeten, die Pferde stumpf im Fell und kraftlos wurden, der Hund nicht mehr wachte und die Katz nicht mehr mauste, da verbot der Bauer dem Stallbub, der auch die Schnattergans genannt wurde, das Reden in den Ställen.

Das war nicht leicht. Am Abend keuchte er vor Erschöpfung, denn um ein Dreifaches anstrengender als die Arbeit waren das Zusammenpressen der Lippen und das Schlucken der Wörter. Bevor die Sonne unterging, ließ er dann doch noch etwas ab, er redete mit den Mauerseglern, und weil die so schnell waren wie kein anderes Tier, redete er mit ihnen so schnell wie mit keinem anderen Lebewesen. Was zur Folge hatte, dass die Mauersegler sich davonmachten. Was zur Folge hatte, dass die Mücken und Fliegen und all das andere Ungeziefer sich über die Maßen vermehrten. Was zur Folge hatte, dass die Ernte fast zur Gänze zusammengefressen wurde. Weswegen der Bauer dem Stallbub, der auch die Säge genannt wurde, weil seine Worte, wie die Zähne einer Säge in den Baum, den Menschen in den Verstand schnitten, verbot, überhaupt zu sprechen.

Das war hart.

Das war so hart, dass der Stallbub den Bauern um eine Verhandlung bat. Und weil der Bauer – erstens – ein gütiger Mann war und weil er – zweitens – mit dem Stallbub, abzüglich dessen Redekrankheit, eigentlich immer zufrieden gewesen war, ließ er sich auf diese Verhandlung ein und sagte: »Also?«

»Darf ich wenigstens leise reden?«, fragte der Stallbub.

»Wie leise?«

»Einfach ein bisschen leiser.«

»Nur leiser, nicht auch weniger?«

»Wenn ich sehr leise rede, ist es doch gleichgültig, ob ich viel oder wenig rede.«

»Aber nur, wenn du so leise redest, dass es niemand hört.«

»Was meint Ihr mit niemand?«, fragte der Stallbub.

»Niemand ist niemand.«

»Und wenn zum Beispiel die Käfer eine Ausnahme bildeten?«

»Die Käfer?«

Der Bauer überlegte. An den Käfern lag ihm nichts. Die Käfer waren eher Ungeziefer. Auf Käfer trat er selber gern drauf. Einen Käfer umzubringen war keine Sünde, jedenfalls nicht, dass er gewusst hätte.

»Also gut«, sagte er. »Käfer gelten. Mit Käfern darfst du reden. Aber so leise, dass dich niemand sonst hört.«

Bei den Käfern war es aber nicht anders. Sie flohen den Stallbub. Da wurde seine Laune noch schlechter. Er wusste ja, oder besser sollte ich sagen: er ahnte, dass ihm der liebe Gott nur eine Gabe geschenkt hatte, nämlich zu reden. Und wenn ihm das Reden verboten war und er mit seinem Talent nichts anfangen konnte, dann würde er nie reich werden und ewig Stallbub bleiben, ein unbeliebter obendrein, obendrein unbeliebt bei Tier und Mensch.

So lag er eines Nachts in der Scheune im Stroh und flüsterte seine Unzufriedenheit mit der Welt und dem Universum auf den schrundigen Holzboden nieder, und dabei fügten sich ihm die Worte zu einer wahren Symphonie, das Äußerste verband sich spielend über die Vokabeln mit dem Innersten, das Hässliche mit dem Schönen, dass er selber nur noch so staunte, oder besser gesagt: Seine

Ohren staunten über seine Lippen – aber das läuft auf das Gleiche hinaus.

Und da zwickte ihn etwas ins Ohr. Da schau an! Ein Käfer. Tatsächlich ein Käfer? Ja, ja! Ein großer schwarzer Käfer. Nämlich der Hirschkäfer mit seinem prächtigen Geweih.

Und dieser Käfer konnte sprechen. Ein bisschen. Ein klein bisschen konnte er sprechen. Ein klein bisschen konnte er hören wie ein Mensch, und daraus hatte sich die Fähigkeit entwickelt, ein klein bisschen reden zu können wie ein Mensch. Aber vielleicht war es auch anders gewesen. Vielleicht hatte der liebe Gott einfach ein Experiment machen wollen. Genaues weiß niemand. Der Käfer jedenfalls konnte so wenig gut reden, dass ich ihn hier gar nicht wörtlich zitieren mag, das wäre peinlich. Deshalb verwende ich die Form der indirekten Rede, wenn's recht ist.

Ob er derjenige sei, der so viel rede, dass Mensch und Tier davonlaufen, fragte der Käfer – auf seine reduzierte Art.

»Ja, der bin ich«, antwortete der Stallbub traurig.

Ob er ihm, dem prächtigsten aller Käfer, vielleicht etwas von den vielen Worten abgeben könnte?

Da hat er gestutzt, der Stallbub. Wenn Käfer plötzlich reden können, dachte er sich, dann ist eine Menge möglich. Und meinte damit: Auch dass ein armer Stallbub reich wird zum Beispiel, ist dann möglich.

»Ja, das kommt darauf an«, sagte er, flüsterte er, leise, leise, denn reden durfte er ja nicht.

Worauf das denn ankomme, fragte der Käfer.

»Auf die Bezahlung«, war die prompte Antwort.

Bezahlung, so der Käfer, heiße bei den Menschen Geld, wenn er das richtig verstanden habe.

»Das hast du richtig verstanden.«

Dann wolle er einen Vorschlag machen, zischte der Käfer nahe am Ohr vom Stallbub. »Pro Wort ein Münz.« – Das war jetzt tatsächlich wörtlich.

Von da an war kein Halten mehr. Der Stallbub hat geflüstert die ganze Nacht lang und dabei mit einem Nagel Kerben in den Holzboden von der Scheune geritzt – jede Kerbe ein Wort. Und als die Sonne aufging, war der Käfer dem Bub eine Summe von tausend Talern schuldig. Das war bei Weitem mehr, als der Bub sich als Lohn für sein ganzes Leben gedacht hatte. Aber müde war er und ist eingeschlafen, und noch im Halbwachen dachte er, nein, das kann nicht sein, das ist ein Traum, und wenn ich aufwache und nicht eine einzige Münze liegt neben mir, dann will ich nicht noch schlechter gelaunt sein, als ich es ohnehin bin.

Aber – herhören! – als er aufwachte, lag da ein großer Haufen Geld, blinkte in der Sonne, die schon fast im Mittag stand. Schnell hat er die Münzen unter das Heu geschoben, und es war gerade auf die Sekunde genau richtig, denn da stand der Bauer, und nun hatte er genug: »Nicht nur, dass du eine Goschen hast, die auf- und abgeht wie dem Teufel seine Zunge, wenn er einen Hurenbock sieht. Nicht nur, dass du immer schlecht gelaunt bist und die Falten zwischen deinen Augen in der Stirn so tief sind, dass man den Hausschlüssel darin verstecken könnte. Jetzt schläft der Herr auch noch bis Mittag!«

Der Bauer hat ihn rausgeworfen. Nichts durfte er mitnehmen. Das war hart. Das war so hart, dass der Stallbub den Bauer noch einmal um eine Verhandlung bat.

»Den Käfer«, sagte er. »Nur den Käfer. Wenn Ihr beim Käfer eine Ausnahme machen würdet.«

An einem Käfer, gleich was für einem, lag dem Bauer nichts. Die Käfer waren Ungeziefer, das war bewiesen. Wozu die nütze waren, also, das war eine der Fragen, die er dem lieben Gott gern stellen würde. Jeder normale Mensch trat gern auf einen Käfer. Einen Käfer umzubringen war keine Sünde.

»Also gut«, sagte der Bauer. »Einen Käfer darfst du mitnehmen.« Aber weil er doch auch streng wirken wollte,
fügte er hinzu: »Aber nur einen.«

Mehr als einen Käfer wollte der Stallbub ja auch gar
nicht. Und ein Stallbub war er nun nicht mehr.

Von nun an nannte er sich Baron.

Erst Baron, dann Graf, dann Fürst, dann Herzog. Ich
mache einen großen Sprung in die Zukunft. Will kurz
zusammenfassen, was geschah: Viel Geld geschah. Viel
Worte und viel Geld. Für den Käfer hat der Herr Baron,
Graf und so weiter ein kleines goldenes Häuschen bauen
lassen mit einem seidenen Bettchen darin und silbernen
Schüsselchen, und als der Käfer reden konnte wie ein
Professor und als er nicht nur reden, sondern auch lesen
konnte, und zwar alles von Aristoteles bis Heidegger, hat
ihm der Herr Fürst, Herzog und so weiter ein wohlsor-
tiertes Bibliothekchen eingerichtet. Er selber hat darauf
verzichtet, im Sommer mit einem Hermelinmantel durch
die Stadt zu gehen und sich von einem Extramann kühle
Pfefferminzluft ins Gesicht und in den Nacken blasen
zu lassen. Und schlecht gelaunt war er auch nicht mehr.
Und schließlich hat er auch nicht mehr so viel geredet. Die
Augenlider und die Lippen waren nicht mehr rot gescheu-
ert. Reichsein ist alles, Armsein ist nichts.

Die Fenggen

Wer oder was, bitte, ist ein Fengg?

Die Fenggen, das sind mittelgroße, mittelstarke Wesen, mittelschön, mittelhässlich. Sie haben Arme und Beine und einen Kopf mit Ohren und Nase und Mund. Sie sehen eigentlich aus wie Menschen und riechen auch ähnlich.

Sind aber keine Menschen, die Fenggen, oder?

Nein. Sind eigentlich keine Menschen.

Ja, sind es Geister?

Geister sind die Fenggen eben eigentlich auch nicht.

Ja, sind es also doch so etwas wie Tiere?

Tiere? Da habe ich jetzt noch gar nicht darüber nachgedacht. Tiere … Tiere gibt es viele und sehr verschiedene. Man denke nur an Kamel und Bandwurm zum Beispiel, beides Tiere – aber wo ist das Gemeinsame? Ein bisschen leben die Fenggen wie die Tiere, das stimmt. Sie halten sich in den Wäldern auf … Ich weiß nicht … Die Fenggen sind – Fenggen. Schluss der Debatte! Ein bisschen Tiere, ja … hör jetzt auf, mich zu löchern!

Es kommt selten vor, dass ein Mensch einem Fengg begegnet. Aber sie sind nicht böse, die Fenggen. Sie antworten auf jede Frage, die man ihnen stellt. Das tun sie gern. Sie sind auch ziemlich klug. Und reden schnell. Sie sind niemandem im Weg, und sie haben keine Feinde. Das Einzige: Mitten im Wort sind sie plötzlich weg. Zack!

Einer, der einmal einen Fengg gesehen hat, ist der Moritz. Der Moritz aus Gaschurn, den kennst du doch? Den aus dem Montafon? Nein?

Der Moritz jedenfalls ist ein wirklich durch und durch glücklicher Mensch. Das trau ich mich zu behaupten. Obwohl ich ihn schon lange nicht mehr gesehen habe. Er ist dann wieder lange weg, dann kommt er wieder, dann ist er wieder weg, das ist so seine Art. Er sieht blendend aus. Ist ja auch nicht unwichtig. Er sieht blendend aus, hat so kastanienbraune, volle, lockige Haare, hat einen schönen braunen Teint. Warum? Weil er immer im Freien ist, er ist Holzfäller. Gute Muskeln, schöne Muskeln – ein schöner Mann. Und zufrieden ist er auch. Schleckt nicht das Geld ab. Kriecht nicht den Reichen hinterher.

Er sagt: »Wenn ich mehr habe, als ich brauche, dann mache ich mir doch nur Sorgen, und länger leben lässt's mich nicht. Ich möchte genau so viel haben, wie ich brauche.«

Und das hat er. Und man gibt ihm gerne Aufträge. Wenn man einen Holzfäller sucht, dann findet man den Moritz.

Eines Tages kam er zu einer mächtigen Tanne. Und er wollte schon die Axt ansetzen, um sie zu fällen, da trat eben so ein Fengg hervor, sagte: »Halt! Tu das bitte nicht, den Baum fällen, bitte.«

»Aha«, sagte Moritz, »dann tu ich es nicht, wenn du es nicht willst. Ich kann auch einen anderen Baum fällen. Aber sag mir doch, warum soll ich diesen gerade nicht fällen?«

»Ja, weißt du«, sagte der Fengg, »ich bin schon sehr, sehr alt, und ich weiß eigentlich gar nicht, wie alt ich bin. Und ich muss immer wieder nachrechnen, wie alt ich bin. Und diese Tanne hier ist mein Baum. Und diese Tanne hat genau so viele Nadeln, wie ich Jahre zähle.«

»So alt bist du?«, staunte der Moritz. »So alt, wie diese Tanne Nadeln hat?«

»Ja, ja, so viele Jahre.«

»Jahre? So viele Jahre!«

»Ja, so viele Jahre. Und ab und zu muss ich eben nach-zählen. Das verstehst du doch?«

»Doch, das versteh ich«, sagte der Moritz.

Und sie saßen so beieinander, und der Moritz hat dem Fengg etwas zu essen und zu trinken angeboten, das hat der Fengg gerne genommen. Der hat gute Manieren gehabt, der Fengg, hat nicht geschmatzt oder gerülpst und hat sich hinterher den Mund mit Farn abgewischt.

Der Moritz war neugierig und sagte: »Aber hör zu: Die Tanne, die verliert doch immer wieder Nadeln. Wie kannst du da dein Alter ausrechnen?«

»Ja, ja, die verliert Nadeln«, sagte der Fengg. »Aber da wachsen immer welche nach, und es hält sich ungefähr die Waage. Das heißt, nach einem Jahr sind so viele abgefallen wie nachgewachsen sind, und eine Nadel ist eben mehr nachgewachsen als abgefallen. Das ist ein Jahr.«

»Aber«, sagte der Moritz, »es kann doch sein – jetzt angenommen –, ich schneide nicht die Tanne ab, sondern ich schneide nur einen einzigen Ast ab. Und da sind dann vielleicht zweitausend Nadeln drauf – was ist dann?«

»Ja, ja, dann bin ich zweitausend Jahre jünger.«

»Dann bist du zweitausend Jahre jünger? Das ist doch ein Wunder!«

»Ja, ja«, sagte der Fengg, »genau genommen ist das ein Wunder, ja, ja.«

»Und sieht man dir das dann irgendwie an?«, fragte der Moritz.

»Ja, ich sehe dann halt zweitausend Jahre jünger aus«, sagte der Fengg.

Das hat den Moritz interessiert, auch weil ihm der Fengg gar nicht wie zehntausend Jahre alt vorkam oder noch älter, sicher hatte die Tanne mehr Nadeln als nur zehntausend … So ein interessanter Tag! Der hatte schon Falten, der Fengg, aber normal, ganz normal, nicht mehr als die Mutter vom Moritz und nicht so viele wie seine Großmutter.

Er sagte: »Noch eine Frage hätte ich. Solche Tannen, die das Alter anzeigen, gibt es die nur für Fenggen?«

»Nein, nein«, sagte der Fengg, »die gibt es für alle Lebewesen.«

»Und bei Menschen gibt's das auch?«, fragte der Moritz.

»Ja, ja, beim Menschen auch. Beim Menschen sind es die Stunden.«

»Woher weiß ich, welcher Baum meiner ist?«, fragte der Moritz.

»Das«, sagte der Fengg, »ist eine große Aufgabe. Du musst dich unter einen Baum legen, musst einschlafen, und wenn du von Glocken geweckt wirst, dann weißt du: Das ist dein Baum. Und wenn du nicht von Glocken geweckt wirst, dann musst du halt zum nächsten Baum gehen und so weiter.«

»Das kann aber lange dauern«, sagte Moritz.

»Sehr lange«, sagte der Fengg und zog ab. Nicht gebeugt ging er, ein Mann, der ein paar Hunderttausend Jahre alt ist. Zack, weg war er.

Aber den Moritz, den ließ der Gedanke nicht los. Er sagte sich: Ich bin jetzt Anfang zwanzig, es ist meine glücklichste Zeit. Die Mädchen fliegen mir nur so zu. Alle Menschen wollen sich mit mir unterhalten. Man ist gern mit mir. Ich wache am Morgen auf und denke, so wie jetzt könnte es ewig gehen. Es wär doch schön, wenn ich meinen Baum finden würde. Und dann würde ich immer schauen, dass auf diesem Baum genau gleich viel Nadeln wachsen wie jetzt. Dass ich immer so alt bin wie jetzt, dass ich nicht älter werde, weil das ist meine glücklichste Zeit.

Dann hat er sich folgende Rechnung gemacht, er hat sich gedacht: Der Mensch muss etwas riskieren. Man muss bereit sein, für sein Glück einen Einsatz zu zahlen. Mein Einsatz ist mein Leben. So, ich werde von nun an nichts anderes mehr tun, als meinen Baum zu suchen. Und wenn ich darüber alt werde – macht ja nichts. Und wenn ich ihn als uralter Mann erst finde, dann schneide ich einfach so viele Äste ab, bis ich wieder so jung bin wie jetzt.

Das hat er gemacht.

Von nun an hat er nicht mehr den Charmeur gespielt im Dorf, er hat auch nicht mehr gearbeitet, er ist nicht mehr unter die Leute gegangen. Das kann ich alles später noch machen, hat er sich gesagt. Und wenn ihn jemand gefragt hat, Moritz, du, gehen wir heute Abend tanzen, dann hat er gesagt, heute Abend nicht, später. Und wenn derjenige oder diejenige gefragt hat: Wann ist später?, dann hat er gesagt: Vielleicht viel später. Was er gemacht hat, der Moritz, war Folgendes: Er hat sich unter Bäume gelegt, ist eingeschlafen, hat gewartet, ob ihn Glocken aufwecken. So ging sein Leben vorüber.

Und dann war er endlich ein uralter Mann, hat sich durch den Wald geschleppt und hat sich gedacht: So, viel Zeit hab ich nicht mehr. Und hat sich unter eine Tanne gelegt. Alle anderen Tannen hatten schon ein Zeichen von ihm verpasst bekommen – damit er wusste, unter welcher er schon gelegen hatte.

Und tatsächlich, diesmal wurde er geweckt durch Glockengeläut. Da hat er gewusst: Das ist mein Baum.

Mit letzter Kraft hat er einen Ast abgeschnitten, und tatsächlich – er ist jünger geworden. Er hat seine verrunzelten Hände angesehen, die sind auf einmal glatter geworden. Und er hat noch einen Ast abgeschnitten und wurde noch jünger. Ein Büschel Haare hat er sich ausgerissen, die Haare waren nicht weiß, sie waren wieder kastanienbraun. Hier hat er etwas vom Baum abgezwickt, dort hat er etwas abgezwickt, bis er seine glücklichen Zwanzigerjahre erreicht hatte. Schnell ist er nach Hause gerannt und hat in den Spiegel geschaut: Das war er, ja er, wie er in seiner glücklichsten Zeit ausgesehen hatte.

Und dann ist er in die Welt hinausgezogen. Zuerst nach Italien hinunter, weil er dorthin immer schon wollte. Dann über das Meer nach Arabien. Weil er dorthin auch immer schon wollte. Und nach Amerika hinüber. Wer will nicht nach Amerika! Und weiter zu den Kängurus und zu den Affen, zu den Tigern und zu den Löwen. Die Welt ist groß.

Immer wieder, nach zehn oder zwanzig Jahren, kam er zurück ins Montafon, hat wieder einen kleinen Ast von seinem Baum abgeschnitten. Und war wieder zwanzig.

Und es heißt, der Moritz ist immer noch unterwegs. Wo soll er denn sonst sein? Die Welt ist groß. Viele Menschen wohnen auf der Erde. Dann kommt er alle zehn oder zwanzig Jahre zurück nach Gaschurn ins Montafon, spielt den Charmeur, geht tanzen, flirtet, tut, was er will, schneidet einen kleinen Ast von seinem Baum, und so geht es weiter in seinem Leben. Bis es ihm eines Tages zu dumm wird, so lange zu leben. Was macht er dann? Dann setzt er die Axt an und haut seinen Baum um.

So wird im Montafon in Vorarlberg erzählt, genau so – und gleich kommt einer dazu und sagt: »Probier's aber ja nicht selber aus, es gibt zu viele Bäume auf der Welt. Und nicht jeder hat so viel Glück wie der Moritz aus Gaschurn.«

Der die Schlangen tötet

Da lebte einst im Glantal in Kärnten eine Familie. Die Mutter hatte den Bub Gottfried getauft, denn sie wollte, dass der Friede Gottes über ihm waltet.

Und eines Tages saßen sie beisammen am Mittagstisch, da drehte der Vater den Kopf und blickte seiner Frau mitten ins Gesicht. Und er sagte zu ihr: »Wir sind seit drei Jahren zusammen. Aber jetzt verlasse ich dich.«

Die Frau wurde weiß im Gesicht und konnte nicht antworten.

Und der Mann sprach weiter: »Ich hab mir am Anfang gedacht, ich liebe dich. Aber ich liebe dich nicht. An dir ist nichts schön. Du bist auch nicht klug. Du riechst nicht gut. Du hast keine schöne Stimme. Es ist nichts an dir, was mich entzücken könnte. Wenn ich weiter bei dir bliebe, wäre es, als würde ich sterben, ohne vom Tod erlöst zu werden.«

Dann stand er auf, nahm den Rock vom Haken, setzte den Hut auf und ging. Die Frau hörte nichts mehr von ihm.

Und in allem hatte er recht gehabt. Sie war nicht schön, sie war nicht klug, sie roch nicht gut, sie hatte keine schöne Stimme. Aber sie war eine gute Mutter. Sie liebte den kleinen Gottfried über alles. Ihr Herz war von nun an in zwei Hälften geteilt. Die eine Hälfte war schwarz, die andere war weiß. In der weißen Hälfte lebte Gottfried, in der schwarzen Hälfte war die ganze übrige Welt untergebracht. Sie hasste alle Menschen. Ihre Nachbarn, die immer freundlich zu ihr gewesen waren. Ihre Geschwister hasste sie, sie hasste den Pfarrer, der sie immer getröstet hatte. Alle hasste sie. Und sie hasste die Bäume vor dem Haus, sie hasste die Wiesen, sie hasste den Himmel, die Sterne, den

Regen und die Sonne, den Bach, weil er murmelte, den Wind, weil er sang, den Geruch der Blumen, die Farbe des Herbstes, die weißen Hauben des Schnees. Alles hasste sie.

Sie verbrachte ihre Zeit mit dem kleinen Gottfried. Den setzte sie auf den Fußboden und betrachtete ihn. Da lächelte sie, da glätteten sich ihre Stirnfalten. Und wenn sie die Hausarbeit machte, stellte sie vor ihn eine Schale mit Milch. Die trank er aus, dann kam sie und sah, dass er ein weißes Mündchen hatte. Und sie wischte ihn ab.

Und einmal war nicht genug Milch im Haus, und die Schale konnte nur halb voll gemacht werden. Da ging sie und holte Milch, und als sie zurückkam, war etwas Sonderbares. Gottfried hatte wieder sein weißes Mündchen, aber die Schale war nicht leer getrunken, und sie war auch nicht mehr halb voll, wie sie gewesen war. Sondern sie war ganz voll.

»Merkwürdig«, sagte sie. »Der Gottfried ist so klein, der kann doch allein keine Milch holen.«

Sie füllte die Schale wieder nur halb voll mit Milch und stellte sie vor Gottfried auf den Fußboden. Dann versteckte sie sich im Küchenkasten und blickte durch das Schlüsselloch, wollte sehen, was passiert.

Da sah sie: Aus einer Ecke der Stube kam eine weiße Schlange gekrochen. Auf ihrem Kopf war eine kleine goldene Krone. Sie legte sich vor den Gottfried hin, und der streichelte sie, und dann trank die Schlange aus der Schale, und Gottfried trank aus der Schale. Beide tranken sie, aber die Milch wurde nicht weniger, sie wurde mehr.

Da schlüpfte die Mutter aus dem Kasten und setzte sich neben Gottfried. Auch sie streichelte die Schlange, und sie dachte bei sich: Die Schlange ist wie ich. Der geht es wie mir. Niemand mag die Schlange. Alle fürchten die Schlange und hassen sie. Und die Schlange hasst die ganze Welt, sie kann sich an nichts freuen, nicht an den Bäumen vor dem Haus, nicht an den Wiesen vor dem Haus, nicht am Himmel, nicht an den Sternen, am Regen nicht und an der Sonne nicht, nicht am Murmeln des Baches, nicht am Gesang des Windes, nicht am Geruch der Blumen, nicht an den Farben des Herbstes und nicht an den weißen Hauben des Schnees. Alles hassen die Schlangen, weil sie von allem gehasst werden. Alle Schlangen sollen meine Freundinnen sein.

Die weiße Schlange aber war die Königin der Schlangen, und so brachte sie ihre Brüder und Schwestern mit. Bald war das ganze Haus voll Schlangen. Da saß die Frau mit ihrem Kind, und sie waren umgeben von Schlangen. Wenn sie ins Bett gingen, waren da Schlangen, wenn sie in den Garten gingen, waren da Schlangen, wenn sie am Tisch saßen und aßen, war der Tisch bedeckt mit Schlangen.

Gottfried wuchs heran mit Schlangen, die waren seine Freunde und Freundinnen.

Und dann starb die Mutter, und Gottfried begrub sie, und um ihr Grab herum lagen Hunderte Schlangen und trauerten mit Gottfried.

Und Gottfried lebte noch eine Weile mit den Schlangen im Haus. Und dann sagte er: »Ich habe ein eigenes Leben! Ich möchte in die Welt hinaus. Vielleicht komm ich wieder zurück, aber erst möchte ich die Welt sehen.«

Das sagte er zu den Schlangen, und die Schlangen waren einverstanden. Sie umschmeichelten ihn, was Abschied hieß, er küsste sie.

»Wollt ihr inzwischen auf mein Haus aufpassen?«, fragte Gottfried.

Das wollten die Schlangen.

Und Gottfried machte sich auf den Weg.

Die Schlangen waren nun allein in dem Haus. Das ganze Haus war voll Schlangen. Und dann war der ganze Garten voll Schlangen. Und weil es den Schlangen dort so gut ging, kamen alle Schlangen der ganzen Welt, alle kamen zusammen und wohnten in dem Haus und in dem Garten.

Aber Garten und Haus reichten nicht aus. Bald war das Glantal voll Schlangen. Die Bauern stöhnten unter dieser Plage. Die Schlangen krochen in ihre Stuben, fraßen, was sie erwischten, erwischten bald mehr als die Menschen. Wenn sich die Menschen abends ins Bett legen wollten, waren da Schlangen unter der Decke. Am Mittagstisch, wenn sie aßen, kamen die Schlangen gekrochen.

Die Schlangen waren nicht böse, sie bissen niemanden. Sie fauchten nicht, und sie würgten nicht. Aber sie waren da, und wenn die Bauern eine Schlange erschlugen, dann war es, als ob zehn neue Schlangen daherkämen.

Und so mussten die Bauern das Tal verlassen. Sie zogen sich auf die Anhöhen zurück, dort war nicht so viel Platz für ihre Rinder und Schafe und Ziegen. Und dort war auch nicht so viel Platz für ihre Äcker. Alles wurde knapp. Im Winter hatten sie Hunger. Und das ganze Tal war beherrscht von Schlangen.

Und dann kam Gottfried zurück von seiner Weltreise, ein stattlicher junger Mann war er inzwischen, und er hatte viel mehr gesehen als nur Schlangen, er war auf Schiffen gefahren, hatte mit Menschen aus Afrika gesprochen, mit Menschen aus Amerika, mit Menschen auch China, und er war von der Welt überzeugt worden, dass sie nicht nur böse war, dass sie nicht nur hässlich war.

Und als er in sein Tal kam, wunderte er sich, weil sich alles so verändert hatte. Die Häuser zerfallen, die Äcker voll Kraut, die Wege zugewachsen. Und er suchte die Menschen und fand sie, und er fragte, und sie erzählten ihm vom Fluch, vom Schlangenfluch.

Da drückte ihn das Gewissen, denn er wusste ja, die Schlangen waren wegen seiner Mutter und seinetwegen da, die Schmerzenströster seiner Mutter waren die Schlangen gewesen, und die Spielgefährten seiner Kindheit waren sie gewesen, mit denen er geschmeichelt hatte, die er gestreichelt hatte, die ihm die Händchen sauber geleckt hatten, die auf ihn aufgepasst hatten, die ihn beschützt hatten.

Er dachte sich: Die Schlangen sind meine Freunde. Aber eine Schlange ist eine Schlange, und ein Mensch ist ein Mensch. Das habe ich gelernt in Afrika und in Amerika und in China. Und ich bin ein Mensch und bin keine Schlange.

Und er sagte zu den Bauern: »Ich kann euch die Schlangen vertreiben.« Und weil er nicht ein Verräter um des Verrates willen sein wollte, fügte er hinzu: »Was gebt ihr mir dafür?«

»Oh, wenn du das tust«, sagten die Bauern, »dann werden wir dich zum Bürgermeister machen, werden wir dir ein Haus aus Stein bauen und werden immer, wenn wir dir begegnen, den Hut vor dir ziehen.«

»Nein, das brauch ich alles nicht«, sagte er, »nur etwas, nur eine Frage: Habt ihr je eine weiße Schlange gesehen mit einer Krone auf dem Kopf?«

»Nein, haben wir nicht gesehen. Vielleicht haben wir sie übersehen. Es sind ja so viele.«

»Nur eine Bedingung stelle ich«, sagte Gottfried. »Versprecht mir, sollte ich bei diesem Unternehmen umkommen, dann feiert jedes Jahr am Tag meines Todes eine Messe für mich.«

Das versprachen sie.

Und dann stieg Gottfried auf eine Eiche. Diese Eiche stand dort, wo heute die Ortschaft Friedlach ist.

Und er rief den Bauern zu: »Häuft um die Eiche herum trockenes Reisig. Äste und Laub. Und zündet es an.«

Und er saß oben auf der Eiche.

Er griff in seine Tasche, holte eine Flöte hervor und begann zu spielen. Und daran erkannten die Schlangen des ganzen Tales, dass der Gottfried, ihr Liebling, aus der Welt zurückgekehrt war. Denn als Kind hatte er gern auf der Flöte gespielt. Und da kamen sie, um ihren Freund und Bruder zu begrüßen. Tausend mal tausend Schlangen kamen. Und sie sahen, der Gottfried hockt auf einem Baum, und um diesen Baum herum brennt es. Ein Ring aus Feuer liegt um die Eiche. Und der Gottfried ist in Gefahr.

Ihre Liebe zu Gottfried war stärker als ihre Furcht vor dem Feuer, und sie sprangen in das Feuer, um Gottfried zu retten, und sie verbrannten.

Tausend mal tausend Schlangen verbrannten, und die Bauern freuten sich.

Und am Ende aber war plötzlich ein Aufstöhnen unter den Bauern, denn sie sahen, als Letzte kam die weiße Schlange mit der Krone auf dem Kopf. Und diese weiße Schlange zischte. Und Gottfried wusste, was dieses Zischen bedeutete. Dass er ein Verräter war. Das bedeutete das Zischen. Und dann schnellte sie los, wie der Pfeil von der Sehne eines Bogens schnellte sie los, und sie flog über das Feuer, und sie verkrallte sich mit ihren Zähnen im Hals des Gottfried und biss ihn zu Tode.

Gottfried fiel von der Eiche und rollte in das Feuer, und dort verbrannten sie beide, Gottfried und die weiße Schlange.

Die Bauern waren erlöst. Und sie fällten die Eiche und bauten dort eine Kirche. Und jedes Jahr, an dem Tag seines Todes, wird in Friedlach in dem Kirchlein die Schlangenmesse gelesen.

Musikant und Wolf

Bei Rimbach gibt's ein Feld, das wird die Geigenwiese genannt – oder wurde so genannt, vielleicht wird es inzwischen anders genannt, kann ja sein, dass in den paar Hundert Jahren seither andere Dinge geschehen sind, die haarsträubend genug waren, um den Rimbachern einen neuen Namen für ihr Feld einfallen zu lassen. Umso dringlicher, die Geschichte von der Geigenwiese zu erzählen, sonst wird sie vergessen.

Ein Geiger war einmal, der hatte Ambitionen. Nichts hat er gekonnt; nur auf der Geige spielen, das verstand er. Aber was ist das schon! Kann damit ein Schloss gebaut werden? Kann damit genug Vieh gekauft werden, um Handel zu treiben? Eine halbe Kuh schaut vielleicht heraus, wenn ein Musikant einen Monat lang spielt, vorausgesetzt, er hat so viele Stücke auf Lager. Und die andere Hälfte der Kuh? Was ist mit der? Die gehört einem anderen Trompeter womöglich. Was ja heißt, dass die beiden von Sonnenaufgang bis Sonnenuntergang zusammenbleiben müssten, weil sonst die Gefahr besteht, dass der eine mit der ganzen Kuh und somit mit der Hälfte des anderen sich aus dem Staub macht, wie man so sagt, obwohl bei dieser Angelegenheit der Staub nicht die geringste Rolle spielt … – Nein, mit der Musik ist kein angesehener Stammbaum zu gründen, da nützt es auch nichts, wenn die Musikanten behaupten, ihr Handwerk sei Gottes liebstes, zumal die anderen, nämlich die mit den fantasielosen Ohren, dagegenhalten, die Musik sei eine Erfindung des Teufels.

Wie auch immer – und damit wir in der Geschichte vorwärtskommen: Unser Geiger, Niklas hieß er, und Niklas vom Golde nannte er sich, hatte Ambitionen, und einen

Plan hatte er auch. Die Musik, sagte er sich, und er sagte es aufgrund seiner Erfahrung, die Musik ist etwas für das Herz. Die Musik kann keine Stadtmauer errichten, wie uns in der alten Sage vom siebentorigen Theben weisgemacht wird, und auch keine Stadtmauer einstürzen lassen, wie angeblich in Jericho, und sie kann keine Stadt ins Unglück stürzen, worauf die Bürger von Hameln pochen und als Beweis die Geschichte von ihrem Rattenfänger anführen; die Musik kann aber das Herz einer Frau berühren. Und wenn die Frau noch ledig ist, umso besser, und wenn sie zudem reich ist, umso noch besser, und wenn diese Frau, dachte der Niklas, der sich Niklas vom Golde nannte, wenn diese Frau zufällig das ledige, reiche Burgfräulein von Lichtenegg ist, dann umso am besten.

Womit wir auf den Plan des Niklas zu sprechen kommen: Er wollte sich erst über die baulichen Gegebenheiten der Burg Lichtenegg erkundigen, wie darin die Räumlichkeiten angeordnet sind, wo da zum Beispiel die Kammer des Burgfräuleins liegt – das den schönen Namen Kunigunde trug oder Kuniberta oder Kunhilde, auch das musste vorher recherchiert werden, denn wie sollte von brennender Liebe gesungen werden, wenn nicht einmal klar war, welchen Namen der Brennstoff dieser Liebe hatte. Wenn er schließlich herausgefunden haben würde, so dachte der Geiger Niklas vom Golde, was herauszufinden nötig war, dann würde er sich unter die Kammer des Burgfräuleins stellen und seine musikalischen Gottesgaben – oder Teufelsgaben – mit solcher Inbrunst in Richtung Fenster ablassen, dass im Herzen des ledigen und reichen Objekts eine Revolution von französisch-russischem Ausmaß losbräche und das Burgfräulein, wie immer es auch hieße, gar nicht anders könnte, als mit all seiner Kraft und Bockigkeit nach dem Geiger zu verlangen und von seinem Vater zu fordern, denselben unverzüglich zu seinem Schwiegersohn zu machen, anderenfalls er mit dem seelischen Untergang seiner Tochter rechnen müsse.

Der Musik allein traute der Niklas diese Wirkung allerdings nicht zu.

Womit wir auf das Aussehen unseres Musikanten zu sprechen kommen: Mensch, sah der gut aus! Zum guten Aussehen müssen die schönen Augen noch extra dazugerechnet werden. Zum guten Aussehen muss weiter noch der schöne, sehnsüchtig geschwungene Mund extra dazugerechnet werden. Und diese Extrazurechnungen gehen weiter über den Hals, die Arme, die Brust und den Rücken, den Hintern und, halten wir uns nicht bei Details auf, bis hinunter zu den zierlichen Fußzehen. Vor allem aber ist der Erzähler gezwungen, auf das Haar des Geigers hinzuweisen. Vom Haar hatte der Niklas seinen Künstlernamen genommen. Das Haar sah nämlich aus, als wäre es aus purem Gold. Also wenn er sich vorstellte und sagte, sein Name sei Niklas vom Golde, dann glaubte ihm jeder, der Augen im Kopf hatte, Augen, die er beim Anblick des jungen Mannes zusammenkneifen musste, so sehr blendete ihn das goldene Haar.

So ging der Niklas vom Golde dahin, repetierte seinen Plan, war zuversichtlich und malte sich aus, wie er sich als zukünftiger Herr von Lichtenegg in der Öffentlichkeit aufführen würde – in einer Art und Weise nämlich, dass den Untertanen Hören und Sehen verginge, was dann ja auch wurscht sein würde, denn dann bräuchte niemand mehr sein Geigenspiel zu hören, und er wäre nicht mehr darauf angewiesen, irgendjemanden mit seinen goldenen Haaren zu beeindrucken.

Vor ihm lag ein Feld, das war abgeerntet und frei, und er dachte, was soll ich den Weg um das Feld herum nehmen, wenn es quer drüber doch so viel kürzer ist und ich dann um ein paar Minuten länger der Herr von Lichtenegg sein werde. Und das war sein Verhängnis. Denn mitten im Feld hatten die Untertanen des derzeitigen Herrn von Lichtenegg eine Grube ausgehoben. Eine tiefe Grube. Denn in der Gegend trieb sich ein einsamer Wolf herum. Ein Wolf, der von seinem Rudel verstoßen worden war. Und warum? Weil er so böse war. Und der bedrohte die Bauern. Der brach in ihre Hühnerställe ein und richtete ein Blutbad an. Der riss Schafe. Der killte Wachhunde. Der biss Brocken aus Rinderärschen heraus. Über die Grube hatten die Bauern dünne Ruten gelegt, und auf die Ruten hatten sie Gras gestreut. Wer nicht sehr genau hinschaute, der meinte, hier sei Feld, nur Feld, Feld und nichts anderes. Und wer nicht auf den Weg schaute, sondern nur an seine Karriere dachte – der, ja, der stürzte in die Grube.

Da lag nun der Niklas vom Golde. Hatte zum Glück nur das Bein gebrochen. Und nicht den Hals. Und auch nicht die Geige.

Erst versuchte er herauszuklettern. Ging nicht. Die Wände waren zu steil und zu glatt. Und das gebrochene Bein tat sehr weh. Dann probierte er es mit Schreien. Nützte auch nichts. Die Erde schluckte jeden Ton. Ach, dachte er, ich werde hier verhungern und verdursten.

Aber dann geschah etwas, und da kam dem Niklas der Tod durch Verhungern und Verdursten als eine geradezu wünschenswerte Variante vor.

Der Wolf! Ja, der Wolf mit dem irren Hunger im Bauch und dem irren Zorn im Kopf, der war über das Feld gerannt und ebenfalls in die Grube gestürzt. Und nun stand er dem Niklas gegenüber und fletschte die Zähne. Das musste eindeutig als Mordabsicht interpretiert werden. Was kann ein Geiger gegen einen Wolf ausrichten, ein ambitionierter Geiger gegen einen blutgierigen Wolf?

Niklas vom Golde spielte. Er spielte mit einer Inbrunst, die alle Inbrunst, die für das Fräulein von Lichtenegg vorgesehen war, übertraf. Bei diesem Lied, da bestand kein Zweifel, hatten sich Gott und der Teufel zusammengetan, um es zu komponieren. Und dem Wolf, siehe da, wurden die Augen nass. Der Wolf weinte!

Der Geiger spielte, und der Wolf weinte. Und dann riss eine Saite. Da war das Lied nicht mehr ganz so schön. Ein Auge des Wolfs weinte nicht mehr. Und dann riss eine zweite Saite. Wahrscheinlich kam das daher, dass die Spannungen zwischen Gott und dem Teufel immer noch groß genug waren. Jedenfalls weinte nun das andere Auge des Wolfs auch nicht mehr. Aber immerhin waren die Ohren noch gespitzt. Und da riss die dritte Saite. Bekanntlich hat die Geige nur vier Saiten, und auf einer Saite so schön zu spielen, dass einem blutgierigen Wolf die Blutgier vergeht, das ist nicht leicht. Aber grad, dass es noch ging.

Und da riss nun auch die letzte Saite.

Was nun folgt, ist auch ein Beweis dafür, dass die Wirkung der Musik eine Weile anhält. Dass die Musik sozusagen noch da ist, wenn sie gar nicht mehr da ist. Denn wäre das nicht der Fall gewesen, der Wolf hätte sich sofort auf den Musikanten gestürzt und hätte ihm das heiße Blut aus der Kehle gesoffen. So aber wirkten die göttlich-teuflischen Klänge nach. Und das hieß, der Geiger gewann etwas Zeit. Und wie nutzte er diese Zeit? Gab es da unten in der Grube vielleicht eine Musikalienhandlung, in der man sich einen neuen Satz Geigensaiten kaufen konnte? Nein, leider nicht. Aber eine Idee hatte der Niklas. Ob die von Gott kam oder vom Teufel – darüber wollte er später nachdenken. Er riss sich büschelweise Haare vom Kopf. Er drehte die Goldhaare zu Saiten. Die erste, die G-Saite, war die dickste, die zweite, die D-Saite, war etwas dünner, die dritte, die A-Saite, noch dünner, und die letzte, die hohe E-Saite, bestand nur noch aus einem einzigen goldenen Haar. Schon gurgelte es in der Kehle des Wolfs, schon tropfte das Wasser, das ihm vorher aus den Augen getränt hatte, aus dem Maul. Der Geiger spannte die Saiten auf, er stimmte sein Instrument, und im selben Augenblick, als der Wolf sich bereits zum Sprung duckte, begann er wieder zu spielen.

Was habe ich vorhin gesagt? Dass der Niklas gespielt habe, als hätten sich der Teufel und der liebe Gott zusammengetan? Nun, jetzt spielte er noch besser. Er spielte so gut, dass sich der Wolf endgültig und für alle Zeit in ein Lamm verwandelte. Und spielte so gut, dass es das Burgfräulein in seinem Gemach hörte. Der Geiger wurde gerettet, der Wolf ausgestopft und das Feld in Geigenwiese umbenannt. Ob das Burgfräulein von Lichtenegg einen Mann heiratete, der eine Glatze hatte und nichts weiter konnte, als Geige zu spielen, das ist nicht bekannt.

Die Bamberger Weberskatz

Es lebte ein Weber in Bamberg, der hieß Könner. Der stach alle Konkurrenz aus, weil er so hieß. Er war »der Könner«. Kann man sich das vorstellen? Ja, klar. Nur, wenn's einen nicht betrifft, ist man gescheit. Wenn's einen aber betrifft – also, wenn man sich ein gut gewebtes Leintuch wünscht und man schaut sich um, und da gibt es Weber, die heißen Matz oder Geißler oder Pietzsch, und dann heißt einer Könner – zu welchem gehst du? Du sagst dir: Da geh ich doch gleich zum Könner. Wenn's einen betrifft, ist man wie ein Fähnchen, das sich vom Wind die Richtung weisen lässt. Auch wenn der Verstand schreit: He, das ist doch nur ein Name! –, der Bauch sagt: Er heißt Könner, und wenn einer Könner heißt, muss etwas dran sein.

Der Weber Otto Könner aus Bamberg hatte Aufträge, ich sag euch, der hätte Tag und Nacht arbeiten können, und er wär nicht nachgekommen, so viele Aufträge hatte er, und noch mehr hätte er gehabt, wenn er sie nur annehmen hätte können. Reich war er. Aber wie es so ist: Wenn einer reich ist, kann er sich mit Leichtigkeit vorstellen, noch reicher zu werden. Der Otto Könner hätte nur alle Aufträge annehmen müssen, um die er gebeten wurde – gebeten, jawohl, gebeten –, und schon wär er doppelt so reich gewesen, und es geht hier ja nicht nur um die Gier eines Mannes, nein, er wär nicht nur doppelt so reich gewesen, seine Kundschaft wäre auch doppelt so zufrieden gewesen. Denn mit der Zufriedenheit ist es wie mit dem Reichtum: Bist du zufrieden, kannst du dir leicht vorstellen, noch zufriedener zu sein. Mit dem Glück ist es nicht so – aber schweifen wir nicht ab, vom Glück ist hier nicht die Rede.

Darum hat der Otto Könner eine Annonce in der Zeitung aufgegeben: »Suche einen geschickten Gesellen für einen guten Lohn – Webermeister Otto Könner.« Das mit dem guten Lohn hat er ernst gemeint. Ein so geschickter Geschäftsmann war der Otto Könner schon, dass er sehr genau wusste, selber kann er nur dann mehr verdienen, wenn er auch einen anständigen Lohn bezahlt. Von dieser Seite gesehen war er kein gieriger Mann.

Am nächsten Tag schaut er zum Fenster hinaus, da steht eine Schlange von Arbeitssuchenden vor seinem Haus, lauter Webergesellen, einer behauptet, es besser zu können als der andere.

»Gut«, sagt der Otto Könner, »wer will, dass ich ihn ausprobiere, der soll den Finger heben.«

Da hat jeder den Finger gehoben.

»Gut«, sagt der Otto Könner, »wer will, dass ich ihn ausprobiere, ohne dass ich ihn für die Probezeit bezahle, der soll den Finger heben.«

Da hat nicht jeder den Finger gehoben. Aber doch einige haben es getan. Und das war für den Weber Otto Könner günstig. Er hat neue Aufträge angenommen, hat einen Gesellen nach dem anderen ausprobiert, hat keinen Lohn bezahlt und doch das Doppelte erwirtschaftet und hat sich am Ende für einen entschieden. Dieser eine war ein braver Geselle, geschickt, fleißig, kein Genie, aber bitte, so ist es im Leben doch immer: Man hat eine Einbildung, und die Wirklichkeit ist dann anders, und wenn man nicht untergehen möchte, ist es ratsam, sich an die Wirklichkeit zu halten und nicht an die Einbildung. Er hat zu dem Geschickten, Fleißigen, Braven, der kein Genie war, gesagt: »Gut, morgen kannst du bei mir anfangen.«

Aber dann in der Nacht! Gerade wollte der Otto Könner das Licht in seinem Schlafzimmer ausmachen und sich in sein kaltes, leeres Bett legen, denn Frau hatte er keine, da hört er es unten an die Haustür klopfen. Er zieht sich einen Morgenmantel über und legt das Ohr an die Haustür.

»Wer ist da?«

»Ein Genie«, lautet die Antwort von draußen.

»Was für ein Genie denn?«

»Ein Webergenie. Ich will arbeiten bei dir.«

»Ich hab schon einen Gesellen«, sagt der Otto Könner. Aber er sagt es nur mit halber Überzeugung, denn ein Webergenie interessiert ihn, wie sollte es auch anders sein.

»Probier mich aus«, sagt die Stimme, »dann wirst du den anderen nicht mehr wollen.«

Otto Könner öffnet die Tür einen Spalt, um sich das Genie wenigstens anzusehen. Und was sieht er? Zunächst sieht er Augen, blutunterlaufene Augen, Säuferaugen, eindeutig Säuferaugen. Dieser Eindruck bekommt Unterstützung durch den Geruch: eindeutig Schnapsgeruch. Dann sieht Otto Könner ein unrasiertes Gesicht, einen böse nach unten gezogenen Mund, in dem faule, an den Rändern schwarze Zähne stecken. Jetzt grinst dieser Mund obendrein, was noch böser aussieht. Dann sind da noch die Hände: dürre, zitternde Hände, Säuferhände. Wie sollen solche Hände das Weberhandwerk führen?

»Weißt du was«, sagt Otto Könner, »ich geb dir ein Menü, bestehend aus einem Stück Wurst, einem Stück Käse, einem Stück Brot und einem Schluck Bier, und dann gehst du wieder deiner Wege. Aber einen Gesellen für meine Arbeit, sei mir nicht böse, so einen stelle ich mir anders vor. Und ein Genie stelle ich mir ganz anders vor.«

»Ich hab keinen Hunger, ich hab keinen Durst«, sagt der Fremde. »Lass es mich versuchen, Weber! Was kann es dir schaden?«

Zum Beispiel könnte er mir meinen schönen Webstuhl vollkotzen, denkt Otto Könner. Aber das denkt er nur, das sagt er nicht. Er möchte niemanden beleidigen, wirklich niemanden.

»Also gut«, sagt er. »Ich will es mit dir probieren.«

Da hört er einen merkwürdigen Laut. Was war das? Hat das nicht geklungen wie Miau? Und da schau an! Das sieht Otto Könner erst jetzt: Hinter der Schulter des Fremden hervor kriecht eine Katze, eine schwarze Katze. Die hat miaut. Meinetwegen, denkt Otto, wenn er an dem Tier so hängt, dass er es auf Schritt und Tritt mit sich nimmt, soll er es halt auch beim Weben auf seiner Schulter sitzen haben, warum auch nicht. Wenn er ein Genie ist, wie er sagt, soll mir alles recht sein. Und wer hat schon eine Katze auf der Schulter sitzen, wenn nicht ein Genie – oder ein Idiot. Aber wie ein Idiot kommt ihm der Fremde nicht vor.

So führt er den heruntergekommenen, nach Schnaps stinkenden, triefäugigen Gesellen in den Websaal, wo die Stühle stehen und das Garn liegt. »Schau halt, dass du so viel wie möglich von dem Garn zu Tuch verarbeitest«, sagt er und begibt sich in sein Schlafzimmer zurück und denkt sich noch: Bin ich zu vertrauensselig? Er wird sich doch nicht frei bedienen an meiner Ware und abhauen damit. Aber schon hört er den Webstuhl surren, und er legt sich nieder und schläft ein.

Am nächsten Morgen – mein lieber Schwan! Was findet Otto Könner vor? Auf dem Fußboden im Websaal liegt der Geselle, sturzbetrunken ist er, er schnarcht, als hätte er eine Karfreitagsratsche in die Brust eingebaut, und auf ihm drauf liegt, ebenfalls schlafend, wenngleich nicht betrunken, der Kater, der schwarze. Da muss der Otto lächeln, ja, er ist im Grunde ein guter Kerl, der Otto Könner, er muss lächeln, denn er denkt: Er hat halt keinen Unterschlupf gewusst, der Arme, und hat den Genietrick bei mir angewendet, gut, soll er auch noch ein Frühstück kriegen, und dann ab mit ihm. Aber da sieht er, wo das Garn gelegen hat, ist nichts, und wo das fertig gewebte Tuch liegen sollte, ist ein Stapel bis zur Decke hinauf. Das gibt's doch nicht! Das ist eine Arbeit, die ein erstklassiger Geselle in einer Woche nicht zustande bringen würde, mitsamt Überstunden nicht. Und noch etwas: Ein so fein gewebtes Tuch hat der Otto Könner noch nie gesehen, nicht ein Fehlerchen, nicht an dieser Stelle zu locker und an jener zu fest. Beste Ware, beste Ware!

»He, du«, ruft der Otto Könner und rüttelt den Fremden an der Schulter, »wach auf! Hast das alles du allein gemacht?«

Der Fremde reibt sich die Augen, greift schnell in seine Tasche, zieht einen Flachmann heraus, nimmt einen Schluck.

»Ja, hab ich«, sagt er. »Ich bin ein Genie.«

»Ja, das bist du wirklich«, staunt der Meister.

Und er nimmt ihn als Gesellen. Dem anderen wird abgesagt.

Von nun an geht's rund! Der neue Geselle möchte nur in der Nacht arbeiten, am Tag kriegt man ihn nicht aus dem Bett und in den Websaal schon gar nicht. Er ist eben ein Genie. Zunächst arbeitet Otto Könner am Tag, sodass sein Betrieb in Tag- und Nachtschicht surrt. Aber dann sieht er, dass seine Arbeit gar nicht nötig ist. Der Geselle schafft so viel in der Nacht, dass die Tagesarbeit nicht mehr als ein Streusel darüber ist. Also warum sich anstrengen? Da sitzt man doch lieber im Wirtshaus und lässt sich's gut gehen und zahlt hin und wieder auch eine Runde. Sein Geschäft läuft und läuft, das Genie kann die Produktion sogar noch steigern.

Und dann stirbt das Genie. Am Alkohol. Er hat sich zu Tode gesoffen, der Geselle. Und jetzt? Der Otto Könner hat vor lauter Gasthaussitzen das Weben fast verlernt. Ist es jetzt aus?

Nein, es ist nicht aus! Es geht munter weiter. Sogar noch schneller, noch besser, noch mehr. Jede Nacht wird fleißig gewebt. Wie das? Ja, wie das.

Einmal hat sich der Otto Könner des Nachts in den Websaal geschlichen, da hat er es gesehen. Der Kater auf den Hinterbeinen, schnell, man kann es nicht sagen, wie schnell, so schnell hat er das Schiffchen hin- und hergeschossen. Ja, der Kater war's. Und hat dabei gepfiffen, ein Lied nach dem anderen. Und was braucht so ein Kater? Braucht er Geld als Lohn? Gar nicht! Ein Schälchen Milch und eine Leber manchmal, sonst braucht der nichts. Die neidische Konkurrenz hat behauptet, der Kater sei der Teufel. Böses Gerede! Der Kater war nicht der Teufel, er war ein Genie.

Monika Helfer
Cosima und ich

Cosima und ich

Mein Mann war von mir weggegangen. Ich saß viel in meinem Zimmer und starrte zum Fenster hinaus. Ich wusste, es würde immer schwieriger werden, unter Leute zu gehen. Ich hatte Essensvorräte, die reichten ein halbes Jahr. Würde ich ein halbes Jahr meine Wohnung nicht verlassen, wäre ich Patientin für die Psychiatrie. Ich hielt keine Menschen aus. Keine alten, keine jungen, keine Kinder. Was blieb mir: Tiere.

Also ging ich in den Zoo.

Gelangweilt und ohne Empathie für die Tiere hinter den Gittern ging ich in den Zoo.

Als ich aber bei der Gorilladame stehen blieb, begann sie mit mir zu sprechen. Kamen Leute dazu, verstummte sie. Gingen sie weg, fing sie wieder an. Ihre Stimme war mild. Sie hatte Mitleid mit mir. Sie sah meine vom Weinen geschwollenen Augen und die ungesunde Gesichtsfarbe. Und hatte Mitleid mit mir.

»Komm näher«, sagte sie, umklammerte die Gitterstäbe, »es gibt nichts, wovor du dich fürchten müsstest«, und ließ zu, dass ich ihre Finger berührte.

Ich hatte mich nicht geschminkt, was für mich unvorstellbar gewesen wäre, noch vor einem halben Jahr. War ich auch nur zum Bäcker gegangen, hatte ich meine Lippen nachgezogen und ein fröhliches Kleid getragen. Niemals wäre ich, wie viele Hausfrauen es tun in ihrem Glück, im Jogginganzug zum Einkaufen gegangen. – Das alles sah die Gorilladame in mir. Nämlich, was sie mir erzählte, war exakt die Wiedergabe meines verflossenen halben Jahres. Sie wusste, wovon mein Leben handelte. Sie zeichnete mit ihrem schwarzen Finger das Profil meines Mannes, des ehemaligen, in die Luft hinein. Ich war zwar nicht hinter Gittern wie sie, fühlte mich aber so.

Sie hieß Cosima und war ein Flachlandgorilla. Das las ich auf der kleinen Tafel unterhalb ihres Gefängnisses. Weit und breit sah ich keinen Besucher mehr, keine Aufseher, man hatte mich übersehen und den Zoo hinter mir abgeschlossen für die Nacht. Cosima kam an die Tür und bedeutete mir, einzutreten. Ich glaubte die Tür verschlossen, aber als ich dagegenschlug, sprang sie auf. Cosima umarmte mich mit ihren Fellarmen, sie waren wie ein überlanger Gürtel, der mich zweimal umschlang. Was für eine Spannweite, dachte ich bei mir. Ihr übergroßer Daumen glitt über meine Brust. Ich erinnerte mich, gelesen zu haben, dass Gorillas anhand ihres Nasenabdrucks identifiziert werden.

»Mein zweites Ich bist du«, sagte Cosima.

»So einen schweren Gedanken kannst du fassen?«, fragte ich.

»Es sind nur Worte, mehr nicht«, sagte sie.

Ich setzte mich auf ihren Schoß und schloss die Augen. Käme eine Sintflut, mir würde nichts geschehen.

»Glaube nicht«, sagte Cosima, »ich schütte Wasser durch einen Drahtkorb, um ihn zu füllen.« Sie war sehr klug. Ich hatte noch nichts gesagt, nichts von Bedeutung.

»Längst schon sollte ich gestorben sein«, fuhr sie fort. »Ich bin über der Zeit, deshalb werde ich wie ein Unikum gepflegt. Sie wollen Sachen an mir ausprobieren, die dann euerseits interessant sein könnten. Lebensverlängernde Maßnahmen.«

Da sagte ich: »Ich bitte dich, Cosima, zähle mich nicht zu den Menschen, lass mich bei dir auf dem Schoß sitzen, bis alles vorbei ist.«

Sie lachte, dabei verzog sich ihr Gesicht, und ihr Mund wurde breit und groß wie eine Höhle. Alle ihre Schwestern und Brüder waren Jahre schon tot. Cosima war Ururgroßmutter, mit ihrer Sippe aber nicht mehr vertraut. Im Oktober würde sie achtundsechzig Jahre alt werden. Beinahe so alt war ich.

Am Morgen kam ein Pfleger zu ihr. Ich versteckte mich unter ihrem Bauch. Er trug einen weißen Kittel und nahm ihr eine Speichelprobe ab und sprach nicht ein Wort mit ihr. Ich fand, es hätte sich gehört.

»Unsereins«, sagte sie, als er gegangen war, »unsereins steht auf der Roten Liste, wir sind vom Aussterben bedroht.«

»Ich auch«, sagte ich.

Ich hätte gern ihr graubraunes Fell gestreichelt, traute mich aber noch nicht. Es war noch zu früh. Noch war es zu früh für solche Vertraulichkeiten.

»Mein Mann«, sagte sie, »hatte eine Silberfärbung auf dem Rücken, er war sehr eitel.«

»Wie mein Mann«, sagte ich leise. »Er war auch sehr eitel. Und hat sich deiner auch ständig nach anderen Weibchen umgesehen?«

»Das ist eben ihre Art«, sagte Cosima, »das sollte uns nicht kümmern.«

Cosima hatte ihr Zuhause mit den Nebel- und Regenwäldern nicht vergessen. Oft duckte sie sich und sah die Zweige eines schattigen Baumes über sich, wo doch nur Gitterstäbe waren.

Der Käfig, in dem sie saß, maß wohl nicht mehr als fünf Meter in der Breite und zwei Meter in der Tiefe. Am Boden lag schmutziger Sand. Es war eine Beleidigung für die reinliche Cosima. Manchmal verrichtete ein Wärter seine kleine Notdurft in ihrem Käfig. Dann nahm sie den Besen und verteilte den Sand. Und war wütend. Und traurig. Und setzte sich wieder und lauerte in den Wahnsinn hinein. Wie ich es tat, seit mein Liebster mich verlassen hatte. Ihre Augen waren keine Lichter mehr, blutunterlaufen, und kennte man sie nicht, wie ich sie kenne, würde man denken, sie lauerten tückisch.

»Dieses Höllengrauen muss aufhören«, sagte ich zu Cosima. Sollte ich sie mit Tabletten töten, am liebsten solchen für den Schlaf, sodass sie hinüberdämmert zu ihrer Sippe?

»Was du denkst«, sagte Cosima, »ist falsch, du bist kleingeistig, zu töten ist feige, und wir zwei Frauen müssen ein Vorbild für die vielen Frauen sein, die gefangen sind wie wir.«

»Was meinst du«, fragte ich, »wenn du sagst, wir sind gefangen? Du bist gefangen, aber ich nicht.«

»Du fühlst dich gefangen und bist damit nicht weniger gefangen als ich hinter den Gitterstäben. Du könntest ein neues Leben beginnen, eine neue Liebe finden und alles Schlechte vergessen.«

So redeten wir. Beide hatten wir müde Augen. Man hatte mir eine Spritze in den Augapfel versetzt, damit will man das kranke Auge retten. Cosima sagte, sie sei froh, wenig zu sehen, alles Schleierhafte gehe ihr nicht so nahe wie das klare Krasse. Sie habe schon versucht, kein Essen mehr zu sich zu nehmen, sodass sie des Hungers sterben könnte, sie hielt es aber nicht durch. Der Hunger war stärker, und so aß sie wieder mit großem Appetit.

Cosima rollte sich zusammen, so gut sich eine Gorillafrau eben zusammenrollen kann, sah aus wie ein gemütliches Kanapee. Ich tippte mit meinem Zeigefinger auf ihre Nasenspitze und verließ den Zoo, den Kopf gesenkt wie eine Sünderin, dabei fühlte ich mich ohne Schuld. Schuldlos geschieden.

Die alte Wut drängte sich in mein Herz und bewölkte meinen Verstand, sodass ich vor dem Haus des Liebespaares parkte. Ich stieg nicht aus, verrenkte nur meinen Kopf, um auf die Fenster zu sehen. Stieg dann doch aus, weil ich nichts sah, glaubte, zwei Schatten zu beobachten, die sich einander zuwandten und ineinander verschmolzen. Es war Einbildung. Dann, kaum dass ich wieder hinter dem Steuer saß, hörte ich Autotüren zuknallen und sah meinen Mann, der nicht mehr der Meinige war, im Tennisdress, sein alternder Körper athletisch gestählt, die Frau daneben um einiges jünger, eine Riesin in meinen Augen, denn sie war so groß wie er, und er überragte mich um zwei Köpfe. Mich, die Maus, zu der er immer gesagt hatte, nichts Süßeres könne er finden als eine kleine Zarte wie mich. Die Frau, weiß wie er vom Tennis, streckte ihre Knie durch, und ihre Hüften schoben von rechts nach links. Provozierend, fand ich. Ich fühlte mich alt mit meinen frisch gefärbten Haaren, die in der Sonne glänzten, die Spitzen gegen Spliss geölt.

Ich war verbraucht wie Cosima, aber ich könnte mich immerhin noch etwas auffrischen. Ich würde eine gute Creme kaufen und dezente Schminke, alles neu, von bester Qualität. Noch hatte ich Geld. Ich, die Spielzeugfrau, die er in die Wohnung getragen, auf das Bett gelegt und den Schlüssel in ihrem Rücken gedreht hatte. Aufgezogen dann, tat ich, was ihm gefiel, und es war schön, auch für ihn, denke ich, immerhin hielt er es zweiunddreißig Jahre aus.

Jetzt ging er mit ihr in dieses neue Haus, sie mit der Stachelfrisur, gelb wie das Gelbe im Ei. Er würde das Tenniszeug abstreifen und ihr den Tennisrock, und über alle Maßen würden sie sich auf dem Leintuch vergnügen, braun gebrannt, und mir schälte sich die Haut an der Nasenspitze.

Ich fuhr los.

Durch dieses heftige Intermezzo war ich geschwächt, und in Gedanken an Cosima übersah ich, dass mein Vordermann stehen blieb, und ich fuhr ihm in die Stoßstange. Hinter uns bildete sich eine Schlange. Er winkte die Autos vorbei, dann stieg er wieder in seinen Wagen und lenkte ihn in eine Parklücke. Ich tat das Gleiche, stellte mich neben ihn. Unsere Autos waren zwei parkende Freunde.

Er stand vor mir, ein kleinerer Mann, doch größer als ich, auch einiges jünger, wie jung er doch war, ich traute mich nicht, ihn anzusehen, weil ich mir so hässlich vorkam. So im Blinzeln sah ich seinen etwas fleischigen Nacken, jeder seiner Mängel bringt mich ihm näher, dachte ich und sah ihn an.

»Das ist kein Malheur«, sagte er. »Kann ich allein wieder zurechtbiegen.«

Ich kramte in meiner Handtasche, um die Geldbörse zu ziehen und ihm einen angemessenen Betrag für den verursachten Schaden vorzuschlagen. Er winkte ab.

»Lassen Sie«, sagte er, »das brauchen wir nicht.«

Hatte er »wir« gesagt?

Wir stiegen ein und fuhren los, mitten im Wortwechsel unserer Autos vielleicht, ich hinter ihm, ich bog nicht ab, wo ich hätte abbiegen sollen. Was jetzt, fuhr ich ihm etwa nach? Er blieb vor einem Haus stehen und winkte mir.

Ich fragte: »Wirklich alles in Ordnung?«

Er nickte, sein weißes Hemd war ungebügelt, also keine Frau, dachte ich und lächelte.

»Wir könnten auf diesen Schreck hin eine Limonade trinken«, sagte er.

Limonade – dieses Wort hatte ich eine Ewigkeit nicht gehört, und es verjüngte mich. Und es beruhigte mich. Es wies auf Unverdorbenheit hin, auf Ungeschicklichkeit bei der Liebe, die mir als ein Segen erschien. Mein Mann, mein ehemaliger, der große, braun gebrannte, war sehr geschickt in der Liebe, und im Augenblick war er es bei der großen, der ebenfalls braun gebrannten, blonden Frau.

Ich sagte: »Gern möchte ich auf diesen Schreck hin eine Limonade trinken. Aber erst gegen Abend, ich muss noch das eine und das andere erledigen.«

Wir verabredeten uns in der Nähe seines Hauses in einem Restaurant. Sein Haus war ein Einfamilienhaus mit einem süßen Vorgarten. Ich verwende das Wort »süß« für einen Vorgarten, dachte ich, wie mein Mann es für mich verwendet hatte. Und dachte: Hoffentlich denkt er nicht: verschwendet hatte.

Ich absolvierte meine Verschönerungseinkäufe, nahm aus dem Schrank mein dunkelrotes Seidenkleid und die hohen Sandalen. Es war August, sehr heiß, ich konnte unmöglich Strümpfe anziehen. Also rannte ich los und kaufte in der Drogerie eine Bräunungscreme. Nach einer Stunde Einwirkzeit würde man schon eine Verbesserung feststellen. Ich wiederholte die Prozedur noch einmal, da war es bereits 19 Uhr. In einer halben Stunde sollte ich den Mann treffen, dessen Namen ich nicht einmal kannte, es gab auch keinen Namen, den ich mir an ihm vorstellen konnte.

Ich frisierte meine Haare, band sie hoch, sah mich im Dreifachspiegel und fühlte mich unsicher. Sein etwas fleischiger Nacken kam mir in den Sinn, und der beruhigte mich. War der Mann zu jung für mich? Er würde ein Nachsehen mit mir haben. Er war sicher zwanzig Jahre jünger als ich. Trug er eine Brille? Bin ich denn so ausgehungert, dass ich mich auf diesen Mann stürzen möchte? Habe ich nicht im Griff, was ich im Griff haben sollte? Bin ich nicht klüger geworden durch meinen Mann, den ehemaligen, braun gebrannten, großen, der mir gezeigt hat, wie alt ich bin, indem er eine Frau genommen hat, die weit jünger ist, eine ebenfalls braun gebrannte. Er ist ein alter Mann und tut so, als wäre er in Bestform. Das sagte er gerne: »Ich bin in Bestform.« Bitte, was ist Bestform? War ich je in meinem Leben in Bestform? Jetzt vielleicht, mit diesem Mann, dem ich die Stoßstange verbeult habe. Ich muss mich im Sonnenlicht vor den Spiegel stellen und in die Wahrheit schauen. Aber warum? Ich will abwarten, bis das Licht mir gnädig ist. Ich will mein Glück zurück.

Wir hatten es sehr gut, mein Mann, der ehemalige, und ich. Was ich an ihm am meisten liebte: Er war stolz auf mich. Wenn er sagte: »Darf ich vorstellen, meine Frau!«, dann leuchtete er, und ich wurde seiner Vorstellung gerecht und leuchtete auch. Ich wollte, er sollte seine Freude mit mir haben. Eine Hand streichelte die andere. Ach, lieber Mann, du ehemaliger, nachdem du dich einer anderen zugewandt hast, bin ich wieder die Maus, aber diesmal die graue, die schäbige. Die gierige.

Er wartete auf mich, er trug eine Brille und rückte meinen Stuhl zurück, damit ich mich setzen konnte. Neben ihn. Nicht ihm gegenüber. Kurz kam mir die Fantasie, ich hätte mich neben den Stuhl gesetzt und wäre auf den Boden geplumpst und vor Schmerz hätte ich nicht sprechen, sondern nur knurren und fauchen können. Wir fanden uns gegenseitig sympathisch. Er hatte eine Art, mir direkt in die Augen zu schauen, was mich irritierte, dann aber beruhigte.

»Sie haben warme Augen«, sagte er.

War das gut, warme Augen zu haben?

Ich dachte an Cosima und dass sie jetzt kein Kanapee mehr sein würde für mich, ihre kleine Schwester. Und ich, die neben einem Menschenmann saß, der mit Sicherheit die Rechnung in diesem Restaurant begleichen würde, ich konnte mir vorstellen, wie ich in Cosimas Fell nach Läusen suchte und sie auf meinem Kopf auch. Morgen wollte ich sie wieder besuchen und ihr von dem Mann erzählen, der Crysant hieß und einen Schreibjob hatte bei einer Behörde, die aus unserem Staat nicht wegzudenken war.

Die Limonade schmeckte wie früher, als ich meine weißen Lackschuhe unter den Wirtshaustisch gestellt hatte, weil sie mich drückten. Ich war neun Jahre alt gewesen.

Cosima, der ich all das erzählen wollte, harrte hinter den Gitterstäben aus. Sie war zerzaust und zornig. Gerade hatten Kinder sie mit überreifen Pfirsichen angeschmissen. Sie waren vom Wärter verjagt worden und bekamen Zooverbot.

Als es still wurde im Zoo, drückte ich mit beiden Armen die Tür zu Cosimas Gefängnis auf. Ich hatte ihr Bananen mitgebracht, und sie lachte mich aus, weil den Menschen nichts anderes einfällt, als Affen an Bananen schlecken zu sehen. Sie sagte, das sei einfältig. Habe nur eine Falte. Sie liebe alles Grüne, vom Lauch angefangen bis zu Schilf, Sellerie schmecke ihr besonders. Eine Seite an ihrem Kopf war kahl, sie riss sich die Haare aus, eine schlechte Angewohnheit, sagte sie.

»Bei Nervenanspannung reiße ich mir Haare aus.«

Sie schälte die Banane, aß sie in zwei Bissen und warf die Schale hinter sich, dabei blinzelte sie mich an. Ich begann mit meiner Geschichte von gestern.

»Was für Pflanzen hat der Mann in seinem Vorgarten?«, fragte sie.

»Ich glaube, es sind Hortensien. Hast du schon Hortensien gegessen, Cosima?«

»Nein, meine Freundin, habe ich noch nicht. Isst dieser Mann denn Hortensien?«

»Nein, ich denke, die kann man nicht essen.«

»Und ich«, rief Cosima, »ich soll sie essen?«

»Der Mann von gestern«, wechselte ich schnell das Thema, »heißt Crysant, was zugegeben ein seltener Name ist, ein einziges Mal habe ich diesen Namen auf einem Grabstein gelesen, gehört habe ich ihn noch nie. Er wohnt erst drei Wochen in diesem Haus, hat es von seiner Tate geerbt, die gestorben ist. Nichts wurde bis jetzt von ihm verändert. Er lebt dort, als ob er dort nicht leben würde. Kannst du dir das vorstellen? Es ist nichts von ihm in dem

Haus. Seine Tante hatte gemalt, ihre Hinterglasbilder, Blumensträuße in verschiedenen Variationen, hängen an den Wänden hinauf zum Treppenaufgang. Aber nichts von ihm, gar nichts.«

»Du warst also schon bei ihm zu Hause?«, fragte Cosima nachdenklich, und ich glaubte Eifersucht zu hören. »Und ihr seid gemeinsam über die Stiege nach oben gegangen. Was ist oben?«

»Nachdem wir unsere Limonade getrunken hatten«, erzählte ich, »waren wir beide verlegen und wortkarg gewesen, und ich wollte mich schon verabschieden, da sagte Crysant: ›Wenn Sie es wünschen, kann ich Ihnen mein Haus zeigen, vielleicht könnten Sie mir ein paar Tipps geben, wie es gut einzurichten wäre.‹«

Wir hatten im Gasthaus kaum miteinander geredet, ich hatte ihn gefragt, ob er verheiratet sei, ob er Kinder habe. Er stellte die gleichen Fragen an mich. Wird das so weitergehen, dachte ich, ich frage, und er stellt die Gegenfragen? Ich überlegte, ob er mein Sohn sein könnte. Mein Sohn, den ich mit fünfundzwanzig Jahre bekommen hätte. Es war still, und er sah mich an. Was war seine Frage gewesen? ›Nein, keine Kinder mehr‹, sagte ich, ›ich hatte eine Tochter, die gestorben ist. Lange schon. Nicht darüber reden‹, sagte ich, und er senkte die Augen. Also, wenn er so alt wie ein Sohn wäre, könnte er in mir seine Mutter sehen. Will er eine Frau, die seine Mutter sein könnte? Einmal hatte ich gelesen, dass es ein Wort für so eine Veranlagung gibt. Für das Verliebtsein eines jungen Mannes in eine alte Frau. Dieses Wort hatte geheißen: Gerontophilie.

»Das Wort heißt Gerontophilie«, sagte ich zu Cosima.

»Wär ich ein Mensch«, sagte Cosima, »nichts würde mir mehr auf die Nerven gehen als eure Worte!«

Sie lachte, und es klang wie Fauchen. Sie drehte ihren Kopf und lauschte. Ein männlicher Gorilla war neu im

Zoo. Gern würde sie ihn kennenlernen, sagte sie. Er gebe Laute von sich, und sie habe bereits geantwortet.

»Willst du denn meine Geschichte nicht zu Ende hören, Cosima?«, fragte ich.

Sie antwortete mir nicht.

»Kannst du seinen Käfig öffnen und ihn zu mir bringen, bevor du weggehst?«, bat sie. Sie war sehr aufgeregt, ging drei Schritte hierhin, drei Schritte dorthin, berührte beim Gehen mit den Fingerknöcheln den Boden. »Du brauchst keine Angst vor ihm zu haben. Er hat nur einen Gedanken, und der hat nichts mit dir zu tun.« – Sie fauchte wieder. – »Es ist derselbe Gedanke, den auch ich habe.«

»Und meine Geschichte?«, fragte ich wieder und bekam wieder keine Antwort.

»Früh am Morgen«, sagte Cosima, und es war eigentlich schon kein Sagen mehr, sondern ein Knurren und Zischen und Hecheln, »früh am Morgen sollst du zurückkommen und ihn wieder in seine Zelle bringen, den Mann, den Mann, den Mann.«

Das tat ich, das alles tat ich.

Der Gorillamann saß in seinem Käfig und wartete bereits. Silbrig war sein Rücken, ein Streifen Silber über diesen langen, breiten Rücken. Wir berührten einander nicht und sahen einander nicht in die Augen. Ich öffnete mit beiden Händen seine Gittertür, er folgte mir, ich spürte seinen Atem. Ich brachte ihn zu Cosima. Sie begrüßten sich heftig, und ich ging leise davon.

Crysant trug eine Windjacke und Joggingschuhe und ging gebeugt, ich hatte meinen Staubmantel an und Stiefel. Es war sehr früh am Morgen. Wir redeten nicht. Ich hörte ihn hinter mir schnaufen. Er wollte, dass ich vorgehe. Er schnaufte, obwohl der Weg eben war. Wie wird er erst schnaufen, wenn es aufwärts geht, musste ich denken.

Ich hatte in dieser Nacht nicht geschlafen, war gewandert durch die Stadt und durch meine Erinnerungen an das Leben mit meinem Mann, dem ehemaligen, und sehr früh am Morgen war ich im Zoo gewesen und hatte den Gorillamann in seine Zelle zurückgeführt. Ich hatte ihn gefragt: »Ist alles gut?«, und er hatte geantwortet: »Alles ist gut. Danke. Du bist unsere Freundin. Ich werde jeden umbringen, der dir etwas antut.«

Crysant ging hinter mir her, er war stumm und wartete, dass ich reden würde. Ich sagte, dass ich heute schon im Zoo gewesen sei. Ich hörte ihn aufschreien, drehte mich um und sah, dass er strauchelte. Er habe nur einen Stein im Schuh, sagte er. Ich stützte ihn, als er auf einem Bein stand.

»Halte dich bei mir fest«, sagte ich.

»Das will ich tun«, sagte er.

Sein Gleichgewicht war ein Problem. Das andere Problem war: Er roch nach Teer. Ich schloss das gesunde und das kaputte Auge. In der Dunkelheit unter meinen Lidern sah ich die Versammlung aller Menschen, denen ich je die Hand gegeben, mit denen ich je gesprochen, denen ich jemals einen Brief oder eine Mail oder eine SMS geschrieben hatte, sah alle Menschen, mit denen ich je telefoniert hatte. Es war eine lange Schlange Menschen, alle in ihrem besten Gewand. Sie waren gekommen, um sich von mir zu verabschieden. Ich behielt die Augen geschlossen, das kranke und das gesunde, bis der Letzte gegangen war.

»Was ist mit dir?«, fragte Crysant.

»Heißt du wirklich Crysant?«, fragte ich.

»Nein«, sagte er, »aber jeder ist seines Glückes Schmied.«

»Dann lass mich«, sagte ich. »Lass mich! Geh! Ich will dich nicht! Ich wollte mit dir den Zoo besuchen und wollte dich einer Freundin vorstellen. Das will ich nun nicht mehr. Verzeih mir, wenn ich dir vorgemacht habe, ich könnte ein

Teil des Glücks sein, dessen Schmied du bist. Du brauchst dich nicht von mir zu verabschieden, geh einfach! Wenn du meinen Mann triffst, meinen ehemaligen, den großen, den schönen, du erkennst ihn an der großen, schönen, braun gebrannten, blonden Frau, die nun die Seine ist, beide vermutlich im Tennisdress, dann sag ihm, sag ihm, ich bin hinüber. Er wird nicht wissen, was das bedeutet. Aber das spielt nun wirklich keine Rolle mehr.«

Zu Cosima sagte ich: »Er hat gestunken, das war unerträglich. Erst meinte ich, er stinkt nach Teer. Aber es war etwas anderes. Wie ist deiner?«

»Er stinkt auch«, sagte sie.

»Soll ich ihn zu dir bringen, dennoch?«, fragte ich.

»Heute nicht«, sagte sie. »Man muss warten, bis die Sehnsucht größer wird als der Ekel.«

Dann sagte sie: »Lass dir ein Fell wachsen!«

»Wie geht das?«, fragte ich und musste sehr laut lachen. »Wie, um Himmels willen, soll das gehen! Wie soll ich, ein Mensch, mir ein Fell wachsen lassen!«

»Setz dich auf meinen Schoß«, sagte sie und knurrte hinter das Gesagte noch so manches Weiche nach. »Ich werde dich wiegen. Zupf mir die Läuse aus dem Fell, ich zupf sie dir vom Kopf. Wenn der Wärter kommt, versteck ich dich unter meinem Bauch. Ich gebe dir die Hälfte von meinem Napf. Friss mit mir. Trink mit mir. Verrichte mit mir deine Notdurft. Schlaf in meinen Armen. Wenn du mir den Gorillamann aus seiner Zelle holst, dann borge ich ihn dir aus. Er ist zärtlich, auch wenn er stinkt. Er reißt sein Maul auf, aber er beißt nicht. Und wenn er in deine Augen schaut, vergisst du, dass er stinkt. Er hat sehr schöne Augen. Er hat Augen wie ich. Wir können uns hinterher ja gegenseitig waschen. Und irgendwann wird dir ein Fell wachsen, sei getrost. Dann brauchst du dich auch nicht mehr zu verstecken. Die Wärter wechseln ab, sie erinnern sich nicht, ob in diesem Käfig eine war oder zwei von uns waren.«

Und dann wiederholte Cosima, was sie am Anfang zu mir gesagt hatte: »Glaube nicht, ich schütte Wasser durch einen Drahtkorb, um ihn zu füllen.«

»Das glaube ich doch nicht«, sagte ich.

»Dann ist es gut«, sagte sie.

»Verlass mich nicht«, sagte ich, »mehr will ich gar nicht. Nur, dass du mich nicht verlässt.«

»Wirst du den Menschenmann vermissen?«, fragte Cosima.

»Manchmal seine glatte Haut am Rücken«, sagte ich, »und seine lange, spitze Nase und den fleischigen, haarlosen Nacken. Und seine Ungeschicklichkeit bei der Liebe, die werde ich auch vermissen.«

»Das vergeht«, sagte Cosima.

Je schneller es vergeht, dachte ich, umso besser.

Root Leeb

Metamorphosen

Der Schneck

Ja, er ist männlich, dieser Schneck. Hier, am Ende der Geschichte, kommen nur noch Männer vor. Genauer: ein Mann, der Schneck eben.

Es begann damit, dass der Mann die Schnecken ausrotten wollte. Damals lebte er noch mit seiner Frau zusammen und pflegte gemeinsam mit ihr den Garten. Sie war für das Entfernen von Unkraut und die Bewässerung zuständig, er – möglichst ohne Einsatz von Gift – für den Schutz vor allen Schädlingen, eben auch vor diesen alles verschlingenden, alles filetierenden Ungeheuern, den Schnecken. Besonders gefräßig waren die Horden derer ohne Haus, die Nacktschnecken. Die stürzten sich gierig auf seine Lieblingspflanzen wie Tagetes, Dahlien und vor allem das Basilikum. Um das zu verhindern, musste er ihnen seine ganze Aufmerksamkeit widmen.

Dann, irgendwann, hatte ihn seine Frau, Kinder gab es nicht, verlassen, der Garten verwilderte, aber er sammelte weiter alle Schnecken, deren er habhaft werden konnte. Gegen diese hinterlistigen und erfolgreichen Zerstörer half nur eines: einsammeln und vernichten. Er hatte sich nie mit dem Wesen dieser Tiere beschäftigt, sondern gab sich der vagen Vorstellung hin, bei Schnecken handele es sich nicht um Tiere, sondern eher um eine Sorte Bakterien oder schädlicher Pilze. Also etwas ohne Nervensystem, ohne irgendeine Möglichkeit der Empfindung.

Wann ihn die Jagd, das Einsammeln und Töten zum ersten Mal an andere Vernichtungen, an das Aufspüren und Ermorden wehrloser Menschen erinnerte, konnte er nicht sagen. Obwohl er zu jenem Zeitpunkt noch sprechen konnte. Und doch sah er keine Möglichkeit, mit der gezielten Ausrottung aufzuhören. Immerhin hatte er eine sehr saubere und für alle Fälle schmerzfreie (wie er glaubte) Methode gefunden, sich der Schnecken zu entledigen. Er sammelte sie mit einer Holzklammer und warf sie in einen Eimer voll Wasser, das er mit ausreichend Spülmittel versetzt hatte. Es roch gut, die Schaumkrone ersparte ihm die Sicht auf das Ende der Gefangenen, und nur das Entleeren des Eimers blieb ein Akt der Überwindung. Aber der Mann hatte sich angewöhnt, einen kurzen Spaziergang auf eine nicht gemähte Wiese in der Nachbarschaft zu unternehmen und dort — mit abgewendetem Gesicht — den Inhalt des Eimers in weitem Bogen von sich zu schleudern.

Manchmal jedoch gab es unangenehme, verstörende Überraschungen. Sei es, dass eine junge Nacktschnecke, gerade als er sie mit seiner hölzernen Zange fassen wollte, sich als aparte Schönheit mit lang ausgestrecktem Körper, hoch erhobenem Kopf und grazil ausgerollten Fühlern präsentierte (für einen Moment fiel es ihm schwer, dieses so empfindlich, ja empfindsam erscheinende Wesen zu umklammern und in seinem Eimer zu versenken), sei es, dass eine andere Kollegin das erste Eintauchen in die Schaumbrühe überlebte und zierlich am Rande des Eimers balancierend wieder in sein Blickfeld geriet oder dass eine andere vor ihm zu fliehen schien, als ob sie die Gefahr erkannte, die seine Schritte, sein Schatten und die gesenkte Holzklammer bedeuteten …

Das erschütterndste Erlebnis war jedoch, als er eines Tages einen Blick zurück auf die Wiese warf, über die er soeben seinen Eimer mit den eingelegten Schnecken gekippt hatte, und da, an einem verholzten Gestrüpp vom Vorjahr wie an einem Spieß hängend, einen noch zuckenden Schneckenkörper sah. Er lief nach Hause und erbrach sich.

Aber er musste weitermachen, konnte nicht aufhören. Nach einer Pause von zwei Tagen war sein Garten derart verwüstet, dass er das Sammeln wieder aufnahm. Am frühen Morgen, noch vor der Arbeit, oder abends beim letzten Tageslicht war die Suche immer am erfolgreichsten. Er hatte sich angewöhnt, die Schnecken länger im Eimer zu lassen, um sicherzugehen, dass sie auch wirklich tot waren.

Er erlaubte sich keine Gedanken oder Zweifel beim Sammeln. Die kamen dann nachts. Myriaden von zuckenden, nackten Schneckenleibern zogen über sein Bett, auf der Flucht und doch auf direktem Weg zu ihm, der ihr Ende bedeutete. Schleimig und schwitzend verwandelten sie sich beim Näherwälzen in nackte Menschenleiber, die, wortlos vorwärtsrückend, ihre schmalen Arme wie Fühler nach ihm ausstreckten. Sie witterten offensichtlich Gefahr, wollten gerettet werden. Aber noch bevor er Partei für sie ergreifen konnte (in welcher Form auch immer), ertönten laute Kommandorufe: *Ungeziefer beseitigen! Ausrotten! Ersäufen!*

Erst wenn gegen Morgengrauen alle in ihn hineingekrochen waren, er zu sich kam und das Bett wieder sauber und leer unter seinen verschwitzten Händen lag, schüttelte er den Kopf, wischte sich über die nasse Stirn, wie um den Fluch der Nacht zu vertreiben, und begann seinen Tag. Er machte eine erste Runde durch den Garten, frühstückte, fuhr ins Büro, und nach Feierabend begab er sich sofort wieder auf die Suche nach den Schnecken.

Es gelang ihm immer weniger, seine Augen zu kontrollieren. Sie sahen Gesichter, Hände und Füße, wo es in Wirklichkeit nichts Derartiges zu sehen gab oder wo andere nichts Derartiges hätten sehen können. Er begann an Seelenwanderung zu glauben und vermehrte damit seine Skrupel. Gleichzeitig wurde er immer spitzfindiger im Aufspüren der Verstecke, unter dem Blaupolster etwa, wohin sich die Schnecken zum Paaren zurückgezogen hatten, oder an der unteren Kante der Gartenmauer, wo sie gut getarnt klebten, unter einzelnen Blumentöpfen oder hinter dem Holzstapel, der an der Hauswand ewigen Schatten und etwas Feuchtigkeit garantierte. Das Versteckspiel forderte ihn heraus, es verlieh den Schnecken menschliche Züge in ihrem strategischen Vorgehen, und vielleicht gerade deshalb wuchs seine Häme, wenn er sie entdeckte. Er war ihnen überlegen, wenn er sie fand. Sie verdienten ihre Niederlage, ihren Untergang.

Unmerklich war das Schneckensammeln zu seinem ganz persönlichen Krieg geworden, er zählte mittlerweile die vernichteten »Feinde« und empfand bei der steigenden Anzahl eine wachsende Lust. *Meine Schneckenoffensive* nannte er die morgendlichen und abendlichen Razzien.

Die feuchten Frühjahrswochen hatte der Garten nun nahezu unbeschadet überstanden. Er sah wild und schön aus, und es gab kaum noch Schnecken. Jetzt hätte sich der Mann zurücklehnen können. Den Rest würde die Trockenheit des Sommers erledigen.

Doch da kam der Tag, an dem es ihm nur mit größter Mühe gelang, aufzuwachen. Er fühlte sich krank, mit einem unangenehmen Würgen im Hals, das sich zu seinem Entsetzen wie Schneckengezüngel im Mund ausbreitete.

Er wollte an einen verlängerten, über Gebühr die Wachgrenze überschreitenden Albtraum glauben, aber der klingelnde Wecker und das durch die Jalousien dringende Tageslicht machten diese Hoffnung zunichte.

Er versuchte zu schreien, doch als er den Mund öffnete, quoll, nein glitt und zuckte der Körper einer Nacktschnecke hervor. Eine Zunge besaß er wohl nicht mehr. Nur diesen konvulsiv zuckenden Muskel, der ihm, nachdem er ins Bad gelaufen war, im Spiegel entgegenwedelte.

Er versuchte unter Aufbietung all seiner Kraft und gegen seinen Ekel kämpfend, den Schneck gewaltsam aus dem Mund zu ziehen. Es gelang ihm nicht. Zu glitschig und zu muskulös war das Tier, als dass er ihm ohne Waffe hätte beikommen können. Und es schien anstelle der Zungenwurzel festgewachsen.

Kurz entschlossen griff er zu seinem Rasiermesser (ein Geschenk seines Vaters, das er kaum benutzte, aber gleich parat hatte) und trennte mit einem einzigen Schnitt das zuckende Tier aus seinem Mund.

Es fiel zu Boden und machte sich unverzüglich und mit atemberaubender Geschwindigkeit auf den Weg nach draußen, eine dunkelrote Schleimspur hinter sich herziehend. Der Mann konnte es nicht aufhalten, er war hier in seinem Haus nicht auf eine Auseinandersetzung mit Schnecken vorbereitet, hatte keine Zange zur Hand und keinen Eimer. Kraftlos sank er an der gefliesten Wand zu Boden.

Sein Mund war jetzt das schmerzende Zentrum seiner Welt geworden. Nach der Ausweidung nur noch eine blutende, leere Höhle, zahnbewehrt, Raum für schlechten Geruch und faule Luft.

Wie es kam, dass sich darin ein Sog entwickelte, der in mäandernden Kreisen seinen Körper verschlang, ihn verschrumpelte, um ihn dann mit einer feuchten, glibberigen Schicht zu überziehen, konnte er niemandem mehr mitteilen. Aber er verspürte eine ungeheure Lust auf Basilikum.

Linien

Die Frau hatte hellblonde, fast weiß scheinende Haare, war schlank und trug ein schwarzes Kleid, von dessen Mitte drei schwarze Linien ausgingen. Schmale, wie mit einem Kohlestift gezeichnete, gerade Linien.

Jede dieser Linien endete an einem Tier: die erste an einem hellen Hund, die zweite an einem Affen, einem schwarzen Gibbon mit weißen Brauen, und die dritte an einem weißen Schwein, einem Albino. Das Ganze wirkte wie eine Schwarz-Weiß-Fotografie, die jemand in eine bunte Umgebung gestellt hatte.

Dann kam Leben in die Gruppe, das Foto wurde zum Film.

Die Frau bewegte sich schnell vorwärts, und als die Linien Wölbungen, Ausbuchtungen und Kurven bekamen, war zu erkennen, dass sie nicht aus dem schwarzen Kleid der Frau, sondern aus der vor dem Bauch zusammengeballten Hand herausliefen und es sich offensichtlich um Leinen handelte und dass die Tiere am anderen Ende der Linien sich in etwas langsamerer Geschwindigkeit als die Frau bewegten. Etwas vorneweg, mit hoch erhobenem Kopf, lief der kleine Hund, keine festzulegende Rasse, ein Mischling mit einer guten Portion Manchester Terrier. Dabei sehr hell, kurzhaarig und kraftstrotzend.

An der zweiten Leine lief das Schwein, auch es war klein und wohl noch jung. Es hatte die Tendenz, da und dort einmal stehen zu bleiben und zu schnüffeln, bis es von dem tiefschwarzen Affen, der an der dritten Leine ging, nach vorne geschubst wurde. Der Affe war der Frechste und Lebhafteste von den dreien. Er sprang öfter einmal auf das Schwein und ließ sich von ihm ein Stück des Weges tragen, in der Haltung eines Reiters, der seinem Pferd die

Sporen gibt. Wer dagegen am heftigsten protestierte, war nicht etwa das Schwein, auch die Frau, die ja ein Durcheinander der Leinen zu befürchten hatte, griff nie ein (indem sie etwa an der Leine des Affen gezogen hätte). Nein, der am heftigsten reagierte, war der Hund.

Was ihm denn einfiele, bellte er den Affen an, er müsse sich ja schämen, neben so jemandem durch die Stadt zu laufen, was sollten denn die Leute von ihnen denken. »Ohnehin ist es viel von mir verlangt, gemeinsam mit einem Schwein und einem Affen täglich den Gang durch die Stadt machen zu müssen.«

»Apropos *machen*«, sagte der Affe, lief einen Schritt zur Seite und legte ein Würstchen ab. Sofort zog die Frau die Leinen straff, zwang alle zum Stehenbleiben und ließ mit elegant anmutender Geste das Relikt in ihrer von einem Plastiktütchen umhüllten Hand verschwinden.

»Ausgerechnet du musst dir dein Maul zerreißen«, sagte der Affe zum Hund, als ob nichts geschehen wäre. »Alle Welt weiß, dass ihr Hunde derart unterwürfig und an den Menschen angepasst lebt, dass ihr genau dadurch eine Schande für alle anderen Tiere seid und wir uns für euch schämen müssen. Ihr lasst euch doch schon zu Lebzeiten als Bettvorleger und Stiefellecker missbrauchen. Ich selbst bin nur hier, weil man mir übel mitgespielt und mich gefangen genommen hat, aber sobald sich nur die kleinste Gelegenheit bietet …«

»Kann ich dann mit dir kommen?«, ließ sich jetzt das Schwein vernehmen. »Du darfst auch ab und zu auf mir reiten. Ich bin ebenfalls nicht freiwillig hier, und mich erwartet bei denen«, es blickte schniefend erst in Richtung der Frau und dann des Hundes, »sicher nichts Gutes.«

Während der Affe das Schwein prüfend ansah und noch zu überlegen schien, bellte der Hund dazwischen. »Du bist ein dummes Schwein, du kannst froh sein, wenn du hier bei uns dein Fressen bekommst, alleine bist du doch zu gar nichts fähig, nicht einmal ordentlich gehen kannst du, geschweige denn …«

»Ja, du kannst mitkommen«, sagte der Affe knapp, durch diesen Zwischenruf des Hundes verärgert und eindeutig für das Schwein eingenommen. »*Ihr* könnt es *euch* ja dann gemütlich machen, dein Frauchen und du, wenn wir weg sind«, rief er, vor Aufregung ein wenig kreischend, dem Hund zu. »Du scheinst ja gar nicht zu merken, dass du die Seiten gewechselt hast.«

Über diesen Streitigkeiten waren sie am Eingang des Parks angekommen, der das Ziel des täglichen Spaziergangs war. Die Frau, die übrigens zierlich und gut aussehend war, ging zielstrebig auf eine Gruppe hoher Kastanien zu, unter denen sich die Tische eines Biergartens befanden. Sie suchte sich einen Platz am Rand zur angrenzenden Wiese und ließ die Tiere an sehr langen Leinen dort laufen. Die Enden band sie um den Sockel eines Sonnenschirms neben sich.

Auch das gehörte zum täglichen Ritual. Genau wie die Menschen, die sich immer einfanden, die Tiere betrachteten und ihre ungewöhnliche Zusammenstellung kommentierten. Manche setzten sich an den Tisch der Frau und stellten ihr Fragen wie: »Sie haben da ja ein kurioses Grüppchen bei sich, ist es nicht schwierig, ein geeignetes Tempo für alle zu finden?«, »Tun die sich gegenseitig nichts? Sie sind doch so unterschiedlich«, »Wie sind Sie denn zu dem Affen gekommen?«, »Haben Sie die Tiere aus dem Tierheim?«.

Die Frau schien die Aufmerksamkeit, die sie hervorrief, zu genießen. Mit großer Geduld beantwortete sie alle Fragen und erklärte, dass sie den Affen einem alten Händler abgekauft habe, das Schwein habe sie bei einem Volksfest, genauer, bei einer Tombola gewonnen, und den Hund habe sie sozusagen geerbt. Von einer früh verstorbenen Freundin. Aber sie sei auch schon vorher immer engagierte Hundehalterin gewesen.

Unter den interessierten Zuschauern und Fragestellern befand sich immer wieder einmal ein Mann, der sich allerdings mehr für die Frau als für ihre Begleiter interessierte, was er aber zu verbergen suchte, indem er sich an den Gesprächen über die Tiere beteiligte. Die Frau erschien ihm sehr attraktiv, und er bewunderte ihren Mund, der zu einer feinen Linie wurde, wenn sie lächelte. Er konnte sich daran nicht sattsehen, auch an ihren Ohren und den zarten, doch so energischen Händen nicht. Er wollte sie beeindrucken. So verwickelte er sie, nachdem er lange Zeit immer wieder einmal belanglose Kommentare eingeworfen hatte, eines Tages in ein längeres Gespräch (natürlich hatte er sich gründlich darauf vorbereitet) und fragte die Frau, ob sie die Tiere absichtlich nach den chinesischen Tierkreiszeichen ausgewählt habe. Als die Frau lächelnd verneinte, aber doch Neugier zeigte, erklärte ihr der Mann ausführlich die Persönlichkeitsmerkmale von Hund, Affe und Schwein, wie sie in China seit alters den Menschen zugeschrieben wurden, die in den entsprechenden Jahren geboren werden. Die Frau war ganz bei der Sache, vergaß die anderen Menschen am Tisch und schlug dem Mann vor, sich doch einmal zu einem gemeinsamen Spaziergang zu treffen. Der wurde auch gleich abgemacht, und so konnte man nur wenige Tage später die Frau mit den drei Tieren an der Leine und dem Mann neben sich den Fluss entlanggehen sehen, der die Stadt wie eine (allerdings nicht ganz regelmäßige) Sinuskurve durchfloss.

»Es ist nicht so, dass ich an die chinesischen oder irgendwelche anderen Horoskope glaube«, sagte der Mann gleich zu Beginn, »auch glaube ich nicht, dass man einer ganzen Spezies dieselben Eigenschaften andichten kann. Die Individuen einer Tiergattung unterscheiden sich doch genauso wie wir Menschen.«

»Sie denken also, dass meine drei hier«, die Frau schob lächelnd ihr Kinn in Richtung der sich gerade balgenden Tiere, »keinerlei arttypische Verhaltensmuster zeigen?«

»Nur der jeweilige Instinkt, also die Nahrungsaufnahme, das Paarungsverhalten und Ähnliches, ist festgelegt.«

»Habt ihr gehört, er hat gesagt, das Schwein stinkt«, sagte der Hund.

»Nein, wir hören nicht so schlecht wie du, er sprach von *Instinkt*«, antworteten Schwein und Affe wie aus einem Mund und brachten durch ihre Sprünge nach oben und rechts und links ein interessantes Zickzackmuster in die Leinen und sich selbst in die größtmögliche Entfernung zum Hund.

Sie kümmerten sich nicht darum, dass sie beobachtet wurden.

»Ich habe mir überlegt«, sagte der Mann, nachdem sie eine beachtliche Strecke zurückgelegt und sich auf einer Bank mit Blick auf das Wasser niedergelassen hatten, »ich würde Ihnen den Affen gerne abkaufen. Sie haben einmal gesagt, Sie hätten ihn nur aus Mitleid von einem alten Händler erstanden. Mir gefällt er, und ich glaube, ich könnte mich mit ihm anfreunden. Er macht einen klugen Eindruck.«

Der Affe hörte das. Er wunderte sich wieder einmal über diese Menschen, die so ungeniert in unmittelbarer Anwesenheit ihrer Tiere über sie sprachen, als ob sie Luft wären oder nicht verstünden. Nur bei Kommentaren über den Hund hatte er manchmal beobachtet, wie die Frau den Kopf etwas abwandte und die Stimme senkte, als ob sie verhindern wollte, dass er mithörte.

Der Affe lief zur Bank, kletterte von hinten über die Lehne und setzte sich dem Mann auf den Schoß. »Na, du hast es aber eilig«, lachte der Mann, streichelte dem Gibbon über sein Köpfchen und fühlte sich durch dieses Zutrauen geschmeichelt und vor der Frau aufgewertet. Aber dann hüpfte der Affe schnell wieder davon und ließ vor Begeisterung noch ein Würstchen fallen.

»Das würde dann auch zu Ihren Aufgaben gehören«, sagte die Frau und reichte dem Mann liebenswürdig lächelnd eines ihrer Plastiktütchen. Der Mann hob gehorsam und mit gekonnter Geste den kleinen runden Kötel auf und warf ihn, ohne eine Miene zu verziehen, in einen der bereitstehenden Abfallkörbe.

»Du weißt wirklich nicht, wie man sich benimmt!«, bellte der Hund.

»Und bist doch nur neidisch«, schrie der Affe fröhlich zurück. Jetzt wollte auch das Schwein mithalten, hüpfte neben den Gibbon und ließ etwas Flüssiges fallen, das leider sehr unangenehm roch und die Gruppe zwang, schnell aufzubrechen. Die Frau fühlte sich verpflichtet, noch etwas Erde über die Angelegenheit zu streuen, und gab dem Mann solange die Leinen in die Hand.

»Pass auf, dass du nicht alles verdirbst. Der Typ scheint nicht gerade belastbar«, raunte der Affe dem Schwein zu und lenkte so vom Gezeter des Hundes ab, der das Schwein als »Schwein« bezeichnete, was natürlich nicht besonders originell war.

»Vergiss mich nicht. Du hast es versprochen!«, wisperte das Schwein dem Affen zu. Obwohl die Tiere alle genug Erfahrungen gemacht und immer erlebt hatten, dass Menschen ihre Sprache nicht verstehen, hatten sie sich angewöhnt, Dinge, die sie verheimlichen wollten, leise zu besprechen.

»Ich brauche ein wenig Bedenkzeit«, sagte die Frau gerade und nahm die Leinen wieder an sich. »Und erwarten Sie sich nicht zu viel, Sie sprechen von anfreunden, haben aber nur ein Tier neben sich. Das wird Sie nie verstehen. Und Sie es mit Sicherheit auch nicht.«

Der Mann war überrascht. »Aber sind Sie denn nicht mit Ihren Tieren befreundet?«

»Nein, ich kümmere mich um sie, und sie vertreiben mir die Zeit nach der Arbeit. Vor allem Spaziergänge alleine wären doch sehr langweilig. Aber Sie wissen doch selbst, bei Tieren dreht sich eigentlich alles um Instinkte, das Fressen, dann darum, sich des Gefressenen wieder zu entledigen, und um Paarungsmöglichkeiten.«

»Dann sind sie uns Menschen doch gar nicht unähnlich«, sagte der Mann munter. »Ich möchte es trotzdem mit dem Affen versuchen. Wenn Sie sich dazu entschließen können, ihn mir zu überlassen, würde ich sicher lernen, ihn zu verstehen.«

Die Frau schien schon fast überzeugt. »Sie müssten sich aber nach seinen Bedürfnissen einrichten. Er braucht einen großen, hellen Käfig, und den müssen Sie gut verschließen. Dieser Affe hier hat ein sehr ausgeprägtes Freiheitsbedürfnis.«

Sie kamen überein, dass der Mann das Tier für genau den Preis, den die Frau dem alten Händler gezahlt hatte, übernehmen sollte. Und zwar erst, wenn er sich entsprechend eingerichtet hätte. Dazwischen würden sich die Frau und der Mann so oft wie möglich sehen, um Erfahrungen in der Tierhaltung auszutauschen und den Affen schon an den Mann zu gewöhnen.

»Es sieht allerdings nicht so aus, als ob Sie beide das nötig hätten«, sagte die Frau, als sie sich erst einmal verabschiedeten.

Bei den nächsten Treffen übernahm der Mann probeweise die Leine des Affen, ging mit ihm ein paar Schritte zur Seite und wunderte sich nur, dass das Schwein ihm dann immer folgen wollte.

»Lass das lieber, sonst schöpft er Verdacht«, sagte der Affe nach einem der Besuche. Und von da an trottete das Schwein unauffällig und etwas lustlos hinter dem Hund her. Der fühlte sich als Sieger.

Dann war der Mann so weit, sagte, er habe alles für den Gibbon vorbereitet, und kam, um das Tier abzuholen. »Geben Sie ihm auf keinen Fall einen Namen!«, sagte die Frau mahnend zum Abschied. »Sonst haben Sie schon verloren.«

Der Mann ging Hand in Hand mit dem Affen davon, Frau, Hund und Schwein sahen ihnen mit sehr unterschiedlichen Gefühlen nach.

Wenige Tage später, als die Frau von der Arbeit kam, war der Balkon im ersten Stock, wo das Schwein gelebt hatte, leer. Es war verschwunden. Die Frau dachte, es hätte sich vielleicht durch die – allerdings ziemlich eng stehenden – Gitterstäbe gezwängt und wäre abgestürzt. Sie untersuchte den Platz unter dem Balkon, ja den ganzen Innenhof, fand aber keine Spur. Daraufhin vermutete sie einen Raub und erstattete Anzeige gegen unbekannt.

Kurz darauf rief der Mann an und teilte ihr verstört mit, dass der Affe weg sei. »Einfach weg. Er ist nirgends zu finden.«

Die Frau sagte knapp, er solle kommen und alles genau erzählen. Vielleicht könnten sie ja gemeinsam auf die Suche gehen.

Es stellte sich heraus, dass der Mann den Affen nicht in einen Käfig sperren wollte und in der Wohnung hatte frei herumlaufen lassen. Und er hatte angenommen, ja gehofft, dass der Affe vielleicht aus Sehnsucht zu den anderen Tieren zu der Frau zurückgekehrt sei.

Die Frau wollte ihn kritisieren, da fiel ihr ein, dass ihr ja das Schwein abhandengekommen war, und das sagte sie ihm dann auch. Gemeinsam liefen sie etwas ziellos mit dem Hund (der beleidigt war, für so etwas eingesetzt zu werden) um den Häuserblock, suchten nach Spuren der Vermissten, fanden aber nichts. Die Frau sah den Mann beim Abschied prüfend, ja fast ein wenig gebieterisch an und nahm ihm das Versprechen ab, mit ihr in Verbindung zu bleiben. Der Mann willigte nur zu gerne ein.

Sie erfuhren natürlich nie, dass der Affe ein Versprechen gegeben und das auch gehalten hatte: Er war zu der Wohnung der Frau zurückgekehrt, als die bei der Arbeit war, und hatte beim schwungvollen Abstieg vom Balkon diesmal das Schwein, das vor Angst beinahe starb, auf seinen Schultern reiten lassen. Danach lebten beide als blinde Passagiere, also heimliche Nutznießer, in einem Zoo und hielten Ausschau nach einer Reisemöglichkeit nach Übersee.

Vom Tag ihrer Flucht an aber sah man regelmäßig eine dunkel gekleidete Frau mit einem hellen Hündchen an der Leine spazieren gehen. An ihrer Seite lief ein Mann. Und wenn man ganz genau hinsah, lief eine dünne schwarze Linie von ihr auch zu ihm.

Das Ungeheuer

Sie wollte nie ein Haustier. Dann war es einfach da. Nein, sie hatte es nicht von Freunden bekommen, geschweige denn sich selbst ausgesucht. Es hatte sie aufgesucht. In der Nacht vor dem ersten Tag bei ihrer neuen Stelle. Sie war seit Langem einmal wieder zu vernünftiger Zeit ins Bett gegangen. Ja, man ist vielleicht ein bisschen nervös und sieht Gespenster, Dinge oder Wesen, die gar nicht da sind, dachte sie. Man macht sich zu viele Gedanken. Spielt schon einmal alles durch, wie man neben dem Chef durch die Büros geht, überall vorgestellt wird, wie man lächelt (nicht übertrieben, aber doch so, dass man signalisiert, dass man ein umgänglicher, teamfähiger Mensch ist), und man stellt sich vor, wie die anderen auf eine reagieren.

Und dann saß es da. Sie hatte das Licht schon gelöscht, nur von der Straße fielen noch ein paar weiße Strahlen durch die Ritzen der Jalousien, und genau da saß es. Erst dachte sie, es sei ein ER, ein Einbrecher. Wie er da so an ihrem Schreibtisch saß, den Sessel weit zurückgeschoben, in nach vorne gebeugter Haltung, die ihn fast ein wenig bucklig aussehen ließ, einfach schauerlich. Dann sah sie, dass die Ohren oben am Kopf angewachsen waren und spitz aus den dunklen Haaren ragten. Sie hielt sich ganz still, obwohl sie vor Angst beinahe zerfloss. Sie hörte nicht einmal ihren Atem, nur ihr Sessel, der ja jetzt seiner war, knarzte. Ziemlich laut sogar. Und sie roch ihn. Nicht einmal unangenehm, aber fremd. Es dauerte, bis er sich zu ihr umdrehte, als ob er die ganze Zeit gewusst hätte, dass sie da lag. Und dass sie wach war. Sie sah, dass er kein Mensch und daher wohl auch kein Einbrecher war (zumindest hatte sie noch nie von einbrechenden Tieren gehört). Also ein ES. Es hatte gelbe Augen, ein sepiabraunes Fell – und es hatte eine Stimme. Dunkel, ein wenig knarzend, sagte es etwas. Sie verstand nicht. Der Melodie nach war es wohl eine Frage. Sie hielt sich weiter ganz still. Da schaute es sie einfach an. Es schien Zeit zu haben. Sie nicht, sie sollte jetzt wirklich schlafen, um für den nächsten Tag fit zu sein. Wie wirkte das denn, wenn sie gleich am ersten Tag mit schwarzen Ringen unter den Augen erschien! Und die würde sie bekommen, das wusste sie. Sie war so ein Typ: ein bisschen zu wenig Schlaf, und schon sah sie aus, als hätte sie die ganze Nacht gehurt, gekifft und gesoffen und womöglich dazu eine aufs Auge bekommen. Denn unerklärlicherweise platzten bei zu wenig Schlaf auch noch Äderchen im rechten Auge und ließen sie sehr heruntergekommen aussehen.

Sie wurde also zunehmend nervöser, sagte aber immer noch nichts. Es dagegen nach einer Weile schon. Es klang genau wie das zuvor Gesagte, aber vielleicht irrte sie sich auch, und es war ein neuer Versuch. Es wartete. Sie auch. Dann stand es auf und kam zu ihrem Bett. Da wollte sie schreien und sterben gleichzeitig, doch dann sah sie, dass es gar nicht unfreundlich war. Es setzte sich vor ihr Bett. Sie war so steif, dass sie, hätte es sich auf sie gesetzt, sicher auseinandergebrochen wäre. Es schaute sie weiter an, jetzt so, als wollte es sagen: Schlaf nur, ich bleibe da. Und sie dachte: Ja, das würde dir wohl passen, ich schlafe, und du kannst mich ganz in Ruhe fressen.

Nein, sie wollte jetzt unbedingt wach bleiben. Aber genau das gelang ihr nicht. Das Tier musste irgendetwas Einschläferndes, ja Beruhigendes an sich haben.

Als sie am nächsten Morgen aufwachte, hatte sie wundersamerweise nicht verschlafen, das Tier saß noch vor ihrem Bett, reglos mit geschlossenen Augen, und schien zu schlafen. Vorsichtig kroch sie über das Fußende auf den Boden und ging ohne Schuhe (da lag das Tier wohl drauf) ins Bad. Sie schloss die Türe so leise wie möglich und versuchte auch dann, alle lauten Geräusche zu vermeiden. Sie sah voller Freude, dass ihre Züge keine Spur von Müdigkeit zeigten, ein waches, offenes Gesicht lächelte sie aus dem Spiegel an.

Als sie aus dem Bad kam, stand das Tier vor der Tür. Es war kleiner als in der Nacht, ging ihr nur bis zur Hüfte. Sie war versucht, es zu streicheln, hatte aber doch ein bisschen Angst und ließ es dann.

Aber sie traute sich an ihm vorbei zum Schrank und zog sich an. Tat so, als ob sie alleine wäre.

Erst als sie sich in der Küche Kaffee machte, fragte sie nebenbei: »Hast du vielleicht Durst?«, und stellte ein Schüsselchen mit Wasser auf den Boden. Es schaute ihr vom Zimmer aus zu, bewegte sich aber nicht. Sie frühstückte unter seinen Augen, legte noch ein bisschen (na ja, trockenes) Brot auf den Boden, packte ihre Sachen und ging, sagte sogar noch »Ciao«, als würde es das verstehen.

Erst vor der Tür konnte sie ihre Gedanken etwas ordnen. Sie hatte also etwas Unbekanntes in der Wohnung, aber bis jetzt war ja alles gut gegangen, und sie fühlte sich frisch, ja erholt, und sah ihrem neuen Arbeitsplatz mit Zuversicht entgegen.

Alles verlief bestens, der Leiter des Personalbüros machte sie gleich zu Beginn mit dem Chef bekannt, der ein interessanter Typ zu sein schien und sie von oben bis unten musterte. Das Ergebnis fiel offensichtlich zu ihren Gunsten aus, denn er lächelte sie an. Er war ein großer, gut aussehender Mann, der offensichtlich Wert auf sein Äußeres legte. Die dichten Haare waren sorgfältig mit Gel nach hinten gekämmt, und die weiten Leinenhosen sowie die eleganten Lederschuhe, die er trug, gaben ihm das Aussehen eines Mafiabosses. Den ganzen Tag ließ die Frau sich herumführen, ließ sich ihre Aufgaben erklären und wurde den Kolleginnen und Kollegen vorgestellt. Sie würde auf ihrem Posten mit allen zu tun haben, denn als »rechte Hand« des Chefs sei sie auch für eine gute, vertrauensvolle Zusammenarbeit aller verantwortlich, sagte man ihr.

Die Frau war glücklich über diese neue Herausforderung und ging am Abend erfüllt nach Hause. Das Tier schien auf sie gewartet zu haben. Es sagte nichts, aber wedelte deutlich mit dem Schwanz. Sie nahm es als Zeichen seiner Freude und ging noch einmal los, um etwas zu fressen einzukaufen. Das rührte es dann später nicht an, aß jedoch bereitwillig und hungrig die Reste ihrer Spaghetti.

Dann kann ich mir das also sparen, dachte sie, als sie das Hundefutter in den Müll kippte. Sie beschloss, das Tier für den Rest des Abends zu ignorieren. Das war nicht einfach, weil es ihr offensichtlich seine Zuneigung bezeigen wollte, indem es immer in ihrer Nähe blieb. Sie fühlte sich beobachtet und wusste nicht, ob ihr das gefiel.

Sie beschloss, am nächsten Tag ein Halsband zu kaufen, mit dem Tier einen Spaziergang zu machen und es dann möglichst weit entfernt von ihrer Wohnung von der Leine zu lassen und alleine nach Hause zu gehen. Oder noch besser, dachte sie, ich bringe es mit dem Auto irgendwohin …

Das Tier, das sie bis dahin nie berührt hatte, kam jetzt näher und strich ihr um die Beine. Sie zog sie verwirrt zurück. Es erschien ihr wieder um einiges größer als am Vormittag, und jetzt fielen ihr auch seine großen Pfoten an den Hinterbeinen auf. Fast wie bei einem Känguru, dachte sie, wenn man die Proportion zum Rest des Körpers in Betracht zieht, also mindestens Schuhgröße 45. Sie musste lachen.

Ihr Chef war in den darauffolgenden Tagen etwas weniger freundlich, grinste sie mehrmals verwirrend abschätzig an und wies sie auf einige, von ihr verschuldete kleine

Versäumnisse hin. Sie entschuldigte sich. Aber er ließ sie trotzdem eines Abends zwei Stunden länger arbeiten.

Sie hatte den Kauf der Leine immer wieder verschoben. Und als sie an jenem Abend ihre Wohnungstüre öffnete, fand sie die Anwesenheit des Tieres durchaus tröstlich. Zum ersten Mal dachte sie, dass das Tier vielleicht ein Hund war. Nur das Gesicht passte nicht. Sie recherchierte im Internet alle Hunderassen, Mischlingsformen und auch deren diverse Vorfahren, konnte aber keine Rasse finden, die so einen ausdrucksstarken Mund und diese großen hellen Augen hatte. Sie hatte sich angewöhnt, etwas mehr zu kochen, da das Tier nur das aß, was sie auch für sich machte, und nichts anderes anrührte. Der Rest seines Lebens blieb ein Geheimnis. Sie ging nie mit ihm aus, und doch war es, das bemerkte sie vor allem an den Wochenenden, immer wieder einmal für längere Zeit verschwunden. Aber abends war es immer da. Ich glaube, ich könnte mich an es gewöhnen, dachte sie eines Tages.

Die Arbeit gestaltete sich immer schwieriger, da der Chef mittlerweile keinen Hehl mehr daraus machte, dass er es auf sie abgesehen hatte. Er hatte sie zu sich rufen lassen, dann das Büro abgesperrt, sie bedrängt und erst von ihr abgelassen, als sie versprach, einmal am Abend mit ihm auszugehen.

Sie wusste mittlerweile, dass er Frau und Kinder hatte, also verwundbar war. Und sie wusste auch, dass sie verwundbar war. In der Probezeit, in der sie sich noch befand, konnte er sie von einem Tag auf den anderen entlassen. Auf dem Weg nach Hause überlegte sie. Zuerst erzählte sie alles dem Tier. Es schien zu verstehen, legte den Kopf schräg und sah an ihr vorbei.

In der kommenden Zeit war es sehr anhänglich, es erschien ihr fast aufdringlich. Es setzte sich immer genau dahin, wo sie gerade etwas machen wollte. Vor den Herd, als sie etwas kochen wollte, vor die Waschmaschine, als sie ihre Handtücher einfüllen wollte, und vor den Fernseher, als sie sich geschlagen geben und etwas herumzappen wollte.

Seit dem ersten Abend hatte es nie wieder seine Stimme hören lassen, und die Frau dachte mittlerweile, dass sie sich das damals vielleicht eingebildet hatte. Trotzdem fragte sie jetzt das Tier, was das denn zu bedeuten habe, ob es ihr etwas sagen wolle. Das Tier antwortete nicht, sah sie nur an. Die Frau verstand trotzdem. Ja, du wirst ihn kennenlernen, ich werde ihn hierherbringen, versicherte sie ihm und auch sich selbst.

Sie beschloss, schnell zu handeln, lief am nächsten Tag schnurstracks in das Büro des Chefs, schloss die Tür hinter sich und lud ihn zu sich nach Hause ein.

Der Boss konnte sein Glück nicht fassen, grinste selbstgefällig und tätigte sofort ein paar Absagen per Telefon, die sie jedoch nicht mehr hörte, weil sie das Zimmer schon wieder verlassen hatte.

Am Abend ging sie mit klopfendem Herzen etwas früher, kochte etwas für sich, den Chef und das Tier, deckte den Tisch und harrte der Dinge, die da kommen würden.

Das Tier schien wieder etwas größer geworden zu sein, und als es klingelte und die Frau zur Tür ging, um zu öffnen, dachte sie kurz, dass es doch ein wenig gefährlich aussah. Als sie mit dem Chef, der gleich den Arm um ihre Hüfte gelegt hatte, ins Zimmer zurückkam, sah sie zu ihrem Schrecken, dass das Tier weg war.

Sie hole nur schnell das Essen und den Wein, sagte sie, wand sich aus seinem Arm und lief in die Küche. Ihre Gedanken rasten, und sie blieb so lange, dass sie schon befürchtete, er würde kommen, um sie zu holen, aber es blieb still. Dann kam ein dumpfer Laut aus dem Wohnzimmer, wie ein Poltern, und sie bildete sich ein, einen erstickten Schrei gehört zu haben. Sie sah, neugierig geworden, vorsichtig durch die Tür.

Voller Freude sah sie das Tier am Tisch sitzen. Es trug die eleganten Schuhe des Chefs. Aus seinem Mundwinkel hing das Ende einer Krawatte. Das Ungeheuer lächelte, verlegen, wie ihr schien, stopfte den Rest in sein Maul und rülpste.

Das Schaf

Es hat für ihn nicht gut angefangen.

Angeblich kam er vier Wochen zu spät. Und seine Großmutter (väterlicherseits) fiel bei seinem Anblick tot um.

Zudem erbrach er als einziges Kind, nach fünf Geschwistern, die Milch seiner Mutter.

Er wuchs kaum (was ja erklärlich war). Nach mehreren Versuchen mit diversen Nahrungsmitteln gaben sie ihm Schafsmilch. Die trank er, zum Erstaunen aller, dann ausschließlich und reichlich.

So weit die Katastrophen.

Sie nannten ihn Wolf. Erst viel später würde er das als Ironie bezeichnen, zunächst einmal trank er weiterhin lustvoll seine Schafsmilch und veränderte sich langsam und anfangs unauffällig. Es begann damit, dass die Nägelchen an seinen Händen und Füßen etwas kräftiger wurden. Dann verformten sich die Finger und Zehen. Die Mutter war irritiert und ließ heimlich die jeweils anstehenden Kontrolluntersuchungen für Kleinkinder ausfallen. In den Kindergarten wurde er nicht geschickt, seiner schwachen Gesundheit wegen, sagte die Mutter zum Vater und zu den Geschwistern. Er konnte schon sprechen, als auch sein Mund sich zu verändern begann. Der Kiefer wölbte sich nach vorne und zog sich mitsamt der Zahnreihen in die Länge.

Auch der obere Teil seines Gesichts verformte sich mit der Zeit, Stirn und Augenpartie vor allem. Der Vater bestand darauf, mit ihm zum Arzt zu gehen. Der schüttelte nur den Kopf und verwies die ratlosen Eltern mit *ihrem Problem* in eine Spezialklinik. Dort wollte man ihn operieren, Gewebeproben entnehmen und dabei auch gleich die Beinchen gerade stellen, aber seine Mutter war dagegen, und so kehrten sie mit Wolf ohne jeden Eingriff nach Hause zurück. Im Auto hörte er, wie Mutter unsicher fragte, ob sie womöglich etwas falsch gemacht habe. Es hörte sich aber eher an wie ein Selbstgespräch und nicht wie eine Frage.

»Du hast ihn von Anfang an nicht gemocht«, sagte der Vater. »Vielleicht hast du ja gleich gewusst, dass aus ihm so etwas Merkwürdiges wird.«

Die Mutter stritt das erschrocken ab. Dann ging sie zum Angriff über. Er selbst sei es doch gewesen, der den Jungen als »fremdartig« bezeichnet habe. Und nur, weil er die letzten fünf Monate ihrer Schwangerschaft im Ausland verbracht hatte, sei ihm die dieses Mal »dubios« vorgekommen.

Wolf hörte dem Streit schweigend zu.

Später, er war bereits im Schulalter, bekam er am ganzen Körper weißblonde Haare, die anfangs noch sehr fein und glatt waren, dann aber immer dichter und stärker wurden und sich zu locken begannen. Er wurde aufgrund seiner mickrigen Körpergröße von der Einschulung zurückgestellt. Die Auflage mit der »Vorschule« lehnte die Mutter ab, da er ja ältere Geschwister habe, die das gerne übernehmen würden, wie sie sagte. Mittlerweile sah er einem Schaf sehr ähnlich. Die Geschwister spielten gerne mit ihm.

Der Vorteil von Schafen ist, dass sie schneller erwachsen werden. Er hatte schon mit einem halben Jahr gewusst, wo er sich etwas zu essen holen konnte und wohin man das Essen legte, wenn es wieder herauskam. Sein jüngster Bruder brauchte mit zwei Jahren immer noch Windeln. Wenn die gewechselt wurden, hatte Wolf damals schnell das Weite gesucht. Mit drei konnte er diesen Bruder, der doch mehr als ein Jahr älter war, beim Laufen überholen. Wolf fand ihn tollpatschig und ein bisschen dumm. Gut, er konnte besser greifen und reden als er, aber sonst auch nichts.

Bei Wettrennen und Verstecken gewann er fast immer, auch gegen alle anderen. Doch langsam und allmählich hörten die Spiele mit den Geschwistern auf. Der Ernst des Lebens, sagten die Größeren und grinsten. Dabei zogen sie die Schultern hoch und riefen ihm zu: »Wir müssen jetzt los. Du hast es gut.«

Das fand er ja eigentlich auch. Aber bis auf den Jüngsten von ihnen, der ihm immer langweiliger vorkam, war ihm niemand mehr geblieben. Die Einzige, die nach wie vor mit ihm schmuste, war seine Mutter. Mit ihr wurde es sogar immer herzlicher und enger. Aber auch sie küsste ihn nur noch auf die Stirn oder kuschelte ihr Gesicht in das Fell auf seinem Rücken. Manchmal war die Stelle nass danach. Auch das Gesicht seiner Mutter war nass. Er mochte das nicht und versuchte sie trocken zu lecken, machte es aber offensichtlich nur schlimmer damit.

Bei solchen Gelegenheiten sagte sie manchmal: »Mein armer Liebling, wenn ich nur wüsste, wie ich dir helfen kann.« Er verstand das zunächst nicht, denn es ging ihm doch gut, und die Geschwister wussten das ja auch.

Er verbrachte die meiste Zeit im Garten, während die anderen in der Schule oder bei der Arbeit waren. Bei Regen konnte er sich in einer Art Scheune unterstellen, und im Winter durfte er jederzeit ins Haus. Obwohl er das Gefühl hatte, dass er mittlerweile nicht mehr richtig zur Familie gehörte.

Einmal, er stand gerade im Wohnzimmer vor dem Kamin, hörte er, wie seine älteste Schwester zu ihrer Freundin sagte: »Ach *das da*, das ist unser Haus*tier*.« Wie um das zu unterstreichen, sagte sie dann: »Raus mit dir in den Garten, Wolli.«

Da wusste er Bescheid. Leider konnte er nicht widersprechen, weil er ja nicht sprechen konnte. Oder genauer, weil sie (angeblich?) seine Sprache nicht verstehen konnten. Auf jeden Fall hieß er nicht Wolli, sondern Wolf, und er konnte sich aufhalten, wo er wollte, jawohl. Er legte sich also demonstrativ auf den Teppich, möglichst grazil, und hielt den Kopf schräg, wie um zu fragen: Und jetzt?

Die Freundin der Schwester lachte. Wolf versuchte zu lächeln. »Das ist aber süß, lass es doch hier«, sagte sie. Die Schwester schien genervt, kam zu ihm und knuffte ihn in die Seite. »Hast du nicht gehört«, zischte sie ihm ins Ohr. Er stand langsam auf, ging aber nicht hinaus, sondern direkt zur Freundin, um sich dicht neben ihr wieder hinzusetzen. Dabei rieb er seine Schnauze vorsichtig an ihrer Jeans.

Von seiner Mutter wusste er, was Frauen mögen. Auf keinen Fall abrupte Bewegungen, alles langsam und behutsam. Und kein Lecken. Am Anfang zumindest. Anscheinend war alles richtig. Die Freundin war begeistert, wollte *auch so ein Schaf,* aber ganz für sich alleine, nicht für ihre ganze Familie. Wenn sie mir ein bisschen ähnlicher wäre, würde ich sie heiraten, dachte er. Später.

Die Schwester begann an ihm zu zerren und versuchte ihn zur Tür hinauszuschieben. Nach anfänglichem Widerstand gab er nach, nur um sich einen Rest von Würde zu bewahren, und ging mit funkelndem Blick und erhobenen Hauptes aus dem Zimmer.

In dieser Nacht lief er zum ersten Mal selbst zu seiner Mutter, um sich auszuweinen. Er erzählte ihr alles, aber erstaunlicherweise verstand sie seinen Kummer nicht. Die Anklage gegen seine Schwester ließ sie unkommentiert und sagte stattdessen: »Wir müssen uns etwas einfallen lassen, mein Liebling, ich habe schon eine Idee. Möchtest du morgen einen Ausflug mit mir machen?«

Obwohl er nicht antwortete, weil er nicht wusste, ob er das wollte, fuhr sie am nächsten Tag, als alle aus dem Haus waren, das Auto aus der Garage, rief betont munter: »Einsteigen!«, und öffnete die Beifahrertüre für ihn. Er war schon lange nicht mehr vorne mitgefahren, fühlte sich geehrt und genoss es, durch die Windschutzscheibe zu schauen und erst die Häuser und dann die Landschaft auf sich zufliegen zu sehen.

Sie fuhren nicht sehr lange und hielten im Hof eines Biobauern, der auch eine kleine Schafzucht hatte. Wolf kannte den Hof nur aus Erzählungen. Die Mutter kaufte hier regelmäßig das Obst und Gemüse für die ganze Familie ein, auch die Schafsmilch für ihn kam von hier. Ganz früher hatte sie auch ab und zu Schafsfleisch für die Familie mitgenommen. Sie selbst war Vegetarierin. Aber als Wolf auf die Welt kam, sagte sie zum Erstaunen aller: »Tiere isst man nicht.« Derart kategorisch und streng, dass keiner zu widersprechen wagte. Es gab dann für alle kein Fleisch mehr, und die älteren Geschwister gingen heimlich zu McDonald's, um sich an diversen Burgern schadlos zu halten. Der Vater hatte ohnehin seine Stammkneipe und war die letzten Jahre kaum noch zu Hause.

Der Biobauer begrüßte die Mutter herzlich, kraulte Wolf am Kopf und fragte belustigt, wo sie den hübschen Lammbock denn herhätte. Die Mutter wurde tiefrot und sagte schnell: »Ein Geschenk.«

Der Bauer betrachtete aufmerksam erst sie, dann Wolf — und lächelte vielsagend.

»Ich wollte fragen, ob er vielleicht bei Ihnen wohnen kann«, sagte die Mutter mit gesenktem Kopf, um dem Mann nicht in die Augen sehen zu müssen.

»Sie meinen also, Sie wollen ihn mit meinen Schafen mitlaufen lassen«, sagte der Bauer. »Wie alt ist er denn?«

»Er ist schon fast sechs«, sagte die Mutter zerknirscht, »obwohl er noch so klein ist.«

»Eigentlich schon zu alt, um ihn in der Herde zu halten«, sagte der Bauer nachdenklich. »Aber wir können es ja probieren. Und ich nehme an, dass Sie ihn auch ab und zu sehen wollen.«

»Ja«, sagte die Mutter, und zu Wolfs Entsetzen drehte sie sich einfach um und rannte zum Auto.

Dann fuhr sie ohne ihn davon. Er konnte gar nicht schnell genug hinterher, schon hatte ihn der Bauer gepackt und trug ihn zu den Schafen. Er war stark, aber nicht grob, und Wolf kam es vor, als ob der Bauer ihn sogar streichelte. »So was«, hörte er ihn sagen.

Die Schafe liefen alle von ihm weg. Der Bauer lachte. »Nur Geduld«, rief er, »sie kommen schon zurück! Mir scheint, dein Vater war ein anderes Kaliber.«

Wolf verstand gar nichts, und die Schafe, die sich zusammenrotteten und sich offensichtlich Wichtiges zu sagen hatten, verstand er auch nicht. Er wollte wieder nach Hause.

Er verbrachte ein paar schreckliche Tage, sollte auf einmal Stroh essen und Wasser trinken und durfte nicht mehr alleine in den Hof. Aber er hörte, wie der Bauer beim Wassernachfüllen mit dem Handy in der Hand die Mutter fragte, wann sie denn vorbeikommen wolle. Wolf rief so laut er konnte: »Komm schnell, ich will wieder heim.« Aber sie hörte ihn wohl nicht, und der Bauer drehte sich ein bisschen weg und sagte: »Es ist sehr laut hier«, und dann fragte er: »Was würden Sie denn für ihn haben wollen?«

Wolf wurde schwindelig.

Die Mutter kam am nächsten Vormittag. Also hatte sie ihn vielleicht doch gehört. Und vielleicht hatte er alles andere nur geträumt. Der Bauer führte sie gleich zu Wolf auf die Weide, die Schafe standen zusammen, weit entfernt von ihm, und taten, als ob er sie störte. Der Bauer tätschelte ihm den Hinterleib, legte ihn dann auf die Seite, drückte auf seinen Bauch und – ihm war das peinlich – zeigte auf sein Geschlechtsteil und auf seinen Kopf, murmelte: »Der braucht noch ein Weilchen, wenn ich ihn überhaupt einmal zum Decken brauchen kann. Aber für den Preis würd ich ihn nehmen.« Die Mutter schluckte, vermied es, Wolf anzuschauen, und ging mit dem Bauern ins Haus.

Wolf sah ihr Auto im Hof stehen. Die Fahrertür hatte sie offen gelassen, wollte also gleich wieder zurück. Na gut, dachte er und stieg schnell ein. Zwischen den Vordersitzen kroch er nach hinten und legte sich auf den Boden. Sich verstecken hatte er schon immer gut gekonnt, davon wussten seine Geschwister ein Lied zu singen. Jetzt überlegte er aufgeregt, wann die Mutter ihn wohl finden würde.

Als sie den Motor anließ und wie gehetzt den Hof verließ, hörte er sein Herz klopfen.

Franz Hohler

Die Katze

Ein Telefongespräch

Hallo, Renate – ich bin's, Mama!

Wie geht es dir?

… im Endspurt für deine Seminararbeit?

Was war das noch mal?

Familienforschung der Amerikaner in der Schweiz?

Ach, es geht um die Ausgewanderten …

… die mehr über die Geschichte ihrer Vorfahren wissen wollen …

… Yul Brynner kam doch mal nach Menziken, oder Möriken, um zu sehen, woher seine Großeltern …

Yul Brynner? Der Filmstar mit der Glatze, der immer die Einzelgänger spielte …

… du bist zu jung, Renate, kannst ihn ja mal googeln …

Also, was ich dich –

… hast unsere Einwohnerämter befragt …

… eine Zunahme, aha …

… Amerikaner interviewt, die aufs Einwohneramt kamen …

… einen Zusammenhang womit?

… mit der Abgrenzung gegen andersrassige Eingewanderte …

… oh, eine gewagte Vermutung …

Und hast du da –

… natürlich, da sind verschiedene Faktoren …

Wie immer im Leben, Renate –

… wieso ein Gemeinplatz? Ist es nicht so?

… aber was?

Was wahr ist, muss deswegen noch kein Gemeinplatz sein, mein Kind …

Was soll das heißen, du bist nicht mein Kind?

Du magst die Redensart nicht …

Schon gut, schon gut, also, warum ich –

… zu einer Masterarbeit ausweiten …

… dein Assistenz-Professor …

Formen der Identitätssuche in der globalisierten Welt …

Toller Titel. Also, weshalb ich –

Die Wurzeln … sicher sind die wichtig, aber überschätzen sollte man sie auch nicht …

… nein, ich meine nur, genauso wichtig wie wo man herkommt, ist doch, wie man aufwächst, unter welchen …

… zu wenig über deine eigenen Vorfahren?

Was ich dich fragen –

Immerhin, einiges weißt du ja schon …

… von deinem Großvater … deine Freude am Schreiben …

… ja, der war ein großer Journalist, aber da sind wohl auch verschiedene Faktoren im Spiel …

Nein, ich mach mich nicht lustig, Renate, ich freu mich, dass du dich so hinter deine Arbeit klemmst …

… bin ja beeindruckt …

… und wann musst du die Arbeit abgeben?

… in vierzehn Tagen, oh …

Eben, warum ich –

… was?

Renate, wieso Angst vor einer Krise?

… das kriegst du doch hin, so beflügelt, wie du mir das erzählst …

… dass dich die Depressionen … der Suizid deines Vaters …

… nein, Renate, da brauchst du wirklich keine Angst zu haben …

Woher ich das weiß? Glaub es mir einfach, du bist zu verschieden von ihm, zum Glück …

… Meine Tante, gewiss, aber da findest du in jeder Familie eine Schattenfigur, das heißt noch lange nicht –

Bitte, bitte, so was sollte man eigentlich nicht am Telefon besprechen ...

Weswegen ich anrufe, ich kann am Montag ins Spital, um meinen Gebärmuttervorfall operieren zu lassen ...

Ja, ich hab einen früheren Termin bekommen, und den sollte ich packen. Und ich wollte dich fragen, ob du Mizzi für eine Woche zu dir nehmen könntest.

Renate?

Renate, bist du noch da?

Meine Nachbarin? Die ist nächste Woche weg, das ist eben das Dumme.

Du hast keine Zeit ... natürlich, ist mir klar, dass der Zeitpunkt etwas ungünstig ist, aber du weißt ja, Mizzi ist sehr pflegeleicht, gibt nicht viel zu tun, ich würde alles Nötige mitbringen, Futternapf, Fressen, Katzenklo ...

Sie wird sich rasch eingewöhnen, sie war ja auch schon bei dir ...

Moribund? Nein, sie ist putzmunter ...

Du brauchst sie nicht rauszulassen, sie geht ja auch bei mir nicht mehr aus der Wohnung ...

Na, in ihrem Alter ...

Sie sieht nicht mehr so viel, weißt du. Und sie hinkt doch ein bisschen, seit ihr dieser ...

Leiden? Nein, ich zerstoße ihr eine Schmerztablette ins Futter. Am Abend, ja, damit sie gut schläft, die geb ich dir mit, ist alles mit Aufklebern beschriftet ...

Auch das Vitaminpulver, das kannst du ihr über das Whiskas streuen, am besten am Morgen. Ist auch noch ein Schächtelchen Valium dabei, wenn's gar nicht anders gehen sollte ...

Ins Tierheim? Das geht nicht ...

Warum nicht? Dort kennt sie niemanden ...

Doch, dich kennt sie, auch wenn du nicht mehr hier wohnst. Du bist ja noch ein Stück weit mit ihr aufgewachsen ...

Ja, nach dem Tod deines Vaters …

Nicht zuletzt wegen dir, als … als Trost … damit etwas Lebendiges im Haus war …

Was? Du hast sie nie gemocht?

Also das kannst du mir nicht erzählen, Renate, dafür hab ich dich zu oft gesehen, wie du mit ihr geschmust hast …

Sie hat ja manchmal sogar in deinem Zimmer übernachtet.

Faute de mieux? Das finde ich jetzt ungerecht, Mizzi gegenüber … und auch mir gegenüber.

Du magst Katzen überhaupt nicht? Das ist mir nun aber völlig neu.

… nicht beziehungsfähig? Wollen von uns nichts wissen?

Hunde hingegen, jaja, das alte Vorurteil …

Natürlich erinnere ich mich, dass du immer einen Hund wolltest.

Du hast eine Weile richtig Terror gemacht deswegen.

Hast überall Botschaften hingelegt … Wenn ich den Brotbehälter aufgemacht habe, lag da ein Zettel: *Ich will einen Hund.* Wenn ich eine Milch aus dem Kühlschrank nahm, klebte ein Zettelchen dran: *Ich will einen Hund!!* Zwei Ausrufezeichen. Wenn ich die Post aus dem Briefkasten holte, war eine Karte dabei, Adresse:

An den Hund von
Renate Birchmeier
Voltastraße 21

darauf stand: Willkommen! Deine Renate.

Einmal, als ich den Schrank mit dem Bettzeug geöffnet habe, lag zwischen zwei Bettlaken eine Hundeleine – weißt du, wie ich da erschrocken bin?

Ich musste ja zur Arbeit und du zur Schule, da war ein Hund einfach zu anspruchsvoll …

Aber die Mizzi hattest du trotzdem gern, das kannst du mir nicht weismachen.

Einschläfern lassen?

Renate!

Meine Mizzi?

Was heißt, irgendeinmal kommt der Moment …

Irgendeinmal ja, aber nicht jetzt!

Solange sie lebt, lebt sie.

Ja, mit Schmerztabletten, mit Blindheit, mit Hinken …

Das kann ich einfach nicht.

Warum nicht?

Das bin ich ihr schuldig … ihr und den Katzen überhaupt…

Was verstehst du nicht?

Den Katzen überhaupt …

Ja, den Katzen überhaupt. Ich verdanke ihnen sehr viel. Und du auch …

Was das heißen soll?

Das heißt … das ist … das kann ich dir nicht …

Das wollte ich dir schon lange …

Gut, Renate, setz dich, und dann erzähl ich dir etwas …

Doch, es ist wichtig …

… warten, bis wir uns sehen?

Ich glaube, ich kann es dir besser sagen, wenn wir uns nicht sehen …

Ich muss ein bisschen ausholen. Dein Vater …

Was sagst du da? Er sei gar nicht dein Vater?

Wie kommst du denn darauf?

… du hattest immer das Gefühl …

Also, jetzt lass mich mal der Reihe nach erzählen …

Dein Vater und ich, wir waren … wir hatten es ja nicht nur leicht. Er war als junger Fotograf sehr erfolgreich, hatte zuerst ein paar Jahre für die *Neue Zürcher Zeitung* gearbeitet und sich dann selbstständig gemacht. Als wir uns kennenlernten, war ich Sekretärin bei der *Schweizer Illustrierten*, und er kam ab und zu auf der Redaktion vorbei, um eine

Reportage anzubieten oder einen Auftrag entgegenzunehmen, es war immer etwas Spontanes und Leichtes um ihn, wir scherzten oft zusammen, fanden Gefallen aneinander, und auf einmal hatte ich eine Affäre mit ihm. Es war nicht die große Liebe, die hatte ich schon hinter mir, wir wollten einfach … unsern Spaß haben zusammen. Und dann wurde ich schwanger, weil wir einmal nicht aufgepasst hatten. Als ich ihm das sagte, war er nicht erschrocken, wie ich befürchtet hatte, sondern begeistert. »Du bekommst ein Kind von mir?«, sagte er, »dann lass uns doch heiraten.« Ich war völlig überrascht, aber wir waren beide an einem Punkt, an dem man sich langsam Fragen zum weiteren Verlauf des Lebens stellt. Er war achtunddreißig, ich fünfunddreißig. Er hatte sicher mehr Erfahrung mit Frauen als ich mit Männern, und vielleicht gerade deshalb den Wunsch nach einer Familie, und ich hatte eine langjährige Beziehung hinter mir, die damit endete, dass sie mein Partner abrupt abbrach und eine andere Frau heiratete, die während der ganzen Zeit seine Geliebte gewesen war.

Also, wir heirateten ziemlich schnell, und kaum waren wir ein Ehepaar, erlitt ich eine Fehlgeburt. Ich war wie erschlagen, aber dein Vater machte mir Mut und sagte, das würden wir schon noch mal hinkriegen. Er hatte eine große Fähigkeit, die Dinge nicht allzu schwer zu nehmen, nicht wie ich … deshalb habe ich auch seinen Selbstmord damals nicht verstanden …

Bist du noch da, Renate?

Also, wir kriegten es dann tatsächlich nochmals hin, ich wurde wieder schwanger – und ich hatte wieder eine Fehlgeburt. Der Fötus hatte auf meiner Handfläche Platz und war schon als Menschlein zu erkennen, ein schrecklicher Anblick. Dein Vater ließ nicht locker, holte mich behutsam aus dem Abgrund heraus, und eigentlich begann ich ihn erst jetzt richtig zu lieben, er war von einer großen

Zärtlichkeit mir und meiner Trauer gegenüber … Als ich mich einigermaßen erholt hatte, machten wir eine wunderschöne Reise durch die Türkei, davon ist das Foto von uns beiden auf dem Buffet, wie wir auf diesem Aussichtspunkt stehen, ans Geländer gelehnt, mit den Gebirgszügen in der Weite, die Aufnahme hat Robert mit dem Selbstauslöser gemacht, er drückte ab, rannte zu mir und versuchte ganz locker zu sein, deshalb lachen wir wie die Kinder. Kurz nachdem wir zurückkamen, war ich wieder schwanger, und diese Schwangerschaft führte zu meiner dritten Fehlgeburt. Nun war ich vierzig, und die biologische Uhr tickte unerbittlich.

Was meinst du? … Natürlich ließ ich mich untersuchen, und natürlich riet mir meine Frauenärztin zur Unterbindung, und natürlich war ich zu trotzig dazu …

Sonst wärst du nicht auf der Welt? …

Tja, nun kam eine schwierige Zeit. Robert war seit unserer Heirat immer wieder weg gewesen, für Reportagen, zum Beispiel im Nahen Osten, er hat wunderbare Fotos im Iran gemacht, ich zitterte um ihn, wenn er nach Afghanistan oder in den Libanon flog, wo Krieg war, und war froh, wenn er nur nach Deutschland musste, er war zufällig in Ostberlin, als die Mauer fiel, und hat einige von den besten Bildern der ersten Stunden gemacht, die um die ganze Welt gingen, und im Großen und Ganzen kam diese Lebensweise ihm und mir entgegen, denn wir brauchten beide eine gewisse Unabhängigkeit. Dann wurden aber die Aufträge auf einmal weniger, es fing an mit der Pressekonzentration und den Sparmaßnahmen, und für die freien Fotografen wurde es langsam enger. Dadurch war er öfters zu Hause, und unsere Gegensätze kamen stärker zum Vorschein.

Ich arbeitete inzwischen als Disponentin beim Fernsehen, verwaltete die Besetzung der Studios, teilte Kameraleute den Aufnahmeteams zu, organisierte Ersatzequipen, wenn es Ausfälle gab, hatte wirklich einen interessanten Job, aber eigentlich war ich nur von einem Gedanken besessen, nämlich von dem, noch ein Kind zu bekommen. Ich wollte Robert unbedingt ein Kind schenken, und dass es nicht klappte, lag offenbar an mir.

Warum, konnte man mir nicht sagen, meine Gebärmutter war jedenfalls in Ordnung, also nahm ich Medikamente gegen hormonale Defizite, gegen Mangel an Protein xy und weiß der Kuckuck was alles, ich strich mir ein Gel ein, das die Beweglichkeit der Spermien beim Geschlechtsverkehr erhöhen sollte ... Ich bin ja nicht religiös oder gläubig, aber einmal, als Robert im Ausland war, machte ich sogar eine Wallfahrt nach Maria Dreibrunnen in der Ostschweiz, weil ich gehört hatte, dass man dort für seinen Kinderwunsch beten könne ... Ich war erstaunt, wie viele Frauen in den Bänken der Kapelle saßen oder knieten ...

Langsam wurde ich dünnhäutiger, überreizt, war mit meinen Nerven immer mehr am Ende, und eines Nachts erwachte ich, weil ich aus unserem Vorgarten ein Kind rufen hörte.

Ich weckte Robert und sagte ihm, da schreie ein Kind. Ach was, sagte er, das sei eine Katze. Hör doch, sagte ich ihm, hör doch, das ist ein Kind. Ich gab keine Ruhe, bis er sich einen Mantel überwarf, die Schuhe anzog, hinausging – und den Kater vertrieb, der dort neben dem Hortensienbusch eine Katze besang, die auf dem Gartenmäuerchen saß. Er war ziemlich ungehalten, als er zurückkam, und konnte lange nicht einschlafen. Ich auch nicht.

In einer der nächsten Nächte passierte dasselbe, ich war sicher, dass es ein Kind war, ein Säugling, der da schrie, der um Hilfe schrie, so, hörst du?

Ja, es war wieder eine Katzenmusik, Robert ging mit einer Kanne voll Wasser hinaus, um die Viecher zu vertreiben, diesmal waren es drei, und als er zurückkam, sagte er zu mir, ich solle endlich aufhören mit meiner Hysterie, er habe sich damit abgefunden, dass wir keine Kinder bekämen, das müsse ja nicht sein, wir seien freier ohne sie, und auch der Druck, Geld zu verdienen, sei geringer, wir könnten stattdessen häufiger ausgehen, Reisen machen und so weiter. Ich habe dann fast die ganze Nacht geweint.

Roberts Aussage hatte zwar Klarheit geschaffen, er hatte mich sozusagen von der Mutterrolle befreit, aber mein Wunsch nach einem Kind blieb einfach da und ging nicht weg und ging nicht weg.

Nicht weinen, Renate, nicht weinen – noch nicht …

Und dann kam diese Nacht. Es war in der Osterwoche, ich hatte vor Karfreitag ein paar Tage freigenommen, die ich noch vom Vorjahr zugut hatte, wir wollten eigentlich an den Comer See, aber dann flatterte ein Auftrag für Robert rein, den er annehmen musste, Semana Santa in Spanien, die Prozessionen und alles, und ich blieb allein zu Hause. Am Gründonnerstag dann, nachts, wieder das Klagen eines Kindes im Vorgarten, wie ein Hilferuf, unüberhörbar, so, hörst du?

Ich zog mich an, richtig, denn draußen war ein kalter Nieselregen, nahm eine Taschenlampe und ging in den Vorgarten. Natürlich war es wieder eine Katze, aber nur eine. Eine, die ich noch nie gesehen hatte, mit einem ziemlich wilden, verstrubbelten, braun-weiß gefleckten Fell … Was meinst du? … Ja, braun-weiß, fast wie die Mizzi. Sie saß auf einer Treppenstufe, und als ich sie anleuchtete, lief sie nicht weg, sondern blickte mich an. Dann stand sie auf, ging langsam die Treppe hinunter, stieß wieder ihren langen Klagelaut aus und schaute sich zu mir um. Ich konnte nicht anders, als ihr folgen.

Sie schlüpfte zwischen den Stangen des Gartentors hinaus, ich öffnete das Tor und ging hinter ihr her auf dem

Trottoir. Wir wohnten damals an der Froburgstraße am Waldrand, die Katze hätte ja schnell weglaufen können, aber sie ging so, dass ich mit ihr Schritt halten konnte, ihr Klagen war in ein leises Miauen übergegangen, das sie jedes Mal wiederholte, wenn sie ihren Kopf nach mir umdrehte. Sie bog in den Weg ein, der zur Waldhütte führt. Es war ein Uhr nachts, ich habe mich immer gefürchtet, nachts in den Wald zu gehen, habe den Wald, wenn ich mal spazieren ging, schon bei einbrechender Dämmerung wieder verlassen. Doch es schien mir, die Katze habe ein Ziel, und ich hatte mich entschieden, ihr zu folgen, auch wenn ich vor Angst zitterte. Irgendeinmal näherten wir uns der Waldhütte, die Katze und ich, und nun hörte ich von dorther denselben Klagelaut. Aber er kam nicht von einer andern Katze. Auf einer Bank lag ein neugeborenes Kind, in einen Mantel eingewickelt, und jammerte.

Ich konnte es fast nicht glauben. Niemand war zu sehen. »Hallo!« rief ich, zuerst leise, dann lauter, »Hallo! Da liegt ein Kind!« Niemand antwortete. Mich schauderte. »Kennst du die Mutter?« flüsterte ich zur Katze, als ob sie mir etwas sagen könnte. Ich wartete eine Weile, ratlos, dann hob ich das Kind sorgfältig in meine Arme und hastete, die Taschenlampe in der einen Hand haltend, so schnell es eben ging, den Weg zurück zum Waldrand und zurück in unsere Wohnung. Die Katze trabte eine Weile neben mir her, dann verschwand sie. Ich habe sie nie wieder gesehen.

Es war mir klar, dass ich die Polizei anrufen musste. Ich wählte zweimal die Eins, aber statt dann die Sieben zu drücken, legte ich wieder auf und rief meine Freundin Claudia an, die Hebamme ist. Sie nahm sofort ein Taxi, brachte eine Nuckelflasche und Pulver für Babymilch mit, schaute mit mir zusammen das Kindlein an, es war offensichtlich gesund und kräftig, sie blieb den Rest der Nacht über bei mir, und am nächsten Morgen kam ihre Freundin

Beatrice vorbei, die Säuglingsschwester ist, um das Neugeborene zu begutachten. Auch sie hatte den Eindruck, das Kleine, oder die Kleine, habe die Nacht in der Waldhütte ohne Schaden überstanden, und dann bat ich die beiden um Hilfe, um dieses Kind zu meinem eigenen zu machen. Claudia stellte eine Bescheinigung aus, dass es sich um eine Hausgeburt gehandelt hatte, und Beatrice war bereit, in der ersten Zeit regelmäßig vorbeizukommen, um die Entwicklung des Kindes zu überwachen.

Du kannst dir Roberts Überraschung vorstellen, als er am Ostermontag nach Hause kam und Vater geworden war. Aber er freute sich darüber und war sofort einverstanden. Die Kollegen, und vor allem die Kolleginnen beim Fernsehen waren äußerst erstaunt, dass sie von meiner Schwangerschaft nichts bemerkt hatten, aber da ich damals etwas zu viel Gewicht auf die Waage brachte, weil ich mir einen Kummerspeck anfraß, trug ich immer weite Gewänder, die den Bauch kaschierten. Sie habe sich manchmal etwas über meine Garderobe gewundert, gestand mir meine Büronachbarin am Telefon, aber jetzt sei ihr alles klar. Ich ließ mich für ein Jahr beurlauben, um ganz für dich da zu sein, ab dann arbeitete ich nur noch fünfzig Prozent. Wenn Robert keine Aufträge hatte, kümmerte er sich um dich, und für die übrige Zeit gab es die Krippe. Dem Freundeskreis und den Verwandten sagte ich, aus Angst vor einer weiteren Fehlgeburt hätte ich ihnen nichts von meiner Schwangerschaft erzählt.

So bist du zu uns gekommen, Renate, und es tut mir leid, dass ich dir das erst jetzt sagen konnte, irgendwie habe ich immer den Moment verpasst, und je länger man auf diesen Moment wartet, desto schwieriger wird es. Renate, hörst du mich? …

Renate, ich liebte dich von ganzem Herzen, glaub mir, und ich liebe dich immer noch, ich bin deine Mutter geworden, wie es die unglückliche Frau, die dich ausgesetzt hat, nie geworden wäre, und Robert wurde dein Vater, denn der Kindsvater hätte sich wohl ohnehin nicht blicken lassen …

Renate, bist du noch da?

Renate, das ist jetzt ein bisschen viel geworden …

Eigentlich wollte ich dich nur fragen, ob du die Mizzi nächste Woche zu dir nehmen kannst …

Denkst du, das geht?

Renate, hörst du mich?

Rafik Schami
Zwei Geschichten

Die Augensprache der Hunde

Er will nur spielen.
Der häufigste Satz eines Hundebesitzers,
bevor sein Tier zubeißt

Hunde haben einen exzellenten Geruchsinn, und mit ihren Augen sprechen sie eine eindeutige Sprache, die aber nur wenige verstehen. Selbst Hundebesitzer, die sich einbilden, alles über ihre Hunde zu wissen, sollte man mit einem mitleidigen Lächeln strafen. Denn Hundesteuer zu bezahlen befähigt noch lange nicht dazu, die Augensprache der Hunde zu entschlüsseln.

Bevor ich zum dritten Mal gebissen wurde, verstand auch ich kein Wort dieser Sprache, sonst hätte ich mir die drei Aufenthalte im Krankenhaus erspart. Aber gerade dieser dritte Biss hat mein Leben verändert, und ohne zynisch sein zu wollen, würde ich jedem, der Ohren hat zu hören, sagen: »Gott sei Dank hat mich ein Hund gebissen.«

Die erste schmerzhafte Begegnung mit einem Hund hatte ich, als ich acht Jahre alt war. Ich hatte damals keine Angst vor Tieren, weder vor dem großen Esel meines Großvaters noch vor dem prächtigen Pferd meines Onkels, die beide in Malula, einem Bergdorf nördlich von Damaskus, lebten. Dort verbrachten wir die Sommerferien. Es hieß, ich sei mutig, weil ich auf alle Tiere zuging, aber das stimmte nicht. Abgesehen von Katzen waren mir Tiere, ob Hase oder Bussard, Hund oder Schildkröte ebenso gleichgültig wie unsere Nachbarn in meiner Damaszener Gasse, mit Ausnahme von Samira, meiner Freundin, seit ich denken kann.

Im Hinterkopf aber hatte ich als kleiner Junge immer die merkwürdige Idee, dass Gott die Tiere mehr als die

Menschen liebte. Ich glaubte fest daran, allerdings konnte ich es damals nicht erklären. Irgendwie haben alle Tiere etwas Perfektes, Ruhiges, Besonnenes, Nachdenkliches. Heute weiß ich es: Gott schuf die Tiere durch seine Worte der Liebe. Das ist Poesie. Den Menschen gestaltete er aus Ackerboden, mit der Sorgfalt und Distanz, aber auch der künstlerischen Leidenschaft eines Bildhauers. Die Frau nahm er sogar aus Adams Seite – hebräisch *tsela,* fälschlicherweise mit »Rippe« übersetzt. Zunächst war Adam weiblich und männlich zugleich gewesen. Erst durch die Schöpfung der Frau machte Gott Adam zum Mann. Das wussten die Griechen schon lange, auch ohne Bibel. Von dieser bewegenden Trennung berichtet Platon in seinem berühmten Werk *Symposion.* Aber das ist eine andere Geschichte.

Wie gesagt. Ich mochte nur Katzen. Das spürten sie und rannten, wie meine Mutter erzählte, auf mich zu, wo immer ich auftauchte. Sogar als ich noch ein Baby war. Hunde knurrten mich an, aber das hielt ich für normal. Bis der erste Hund mich biss.

Ich spielte an jenem Nachmittag in der Gasse, nicht ahnend, dass drei Jungen einen großen Hund geärgert hatten. Plötzlich riss sich das Tier von der Leine los und rannte hinter den Quälgeistern her. Sein Besitzer saß im Café und spielte Backgammon, und ich war mit meinen Murmeln beschäftigt.

Ich war völlig konzentriert und zielte auf eine drei Meter entfernte Murmel, als die Kinder um mich herum schreiend das Weite suchten. Ich stand auf. Die Gasse war wie leer gefegt. Als ich mich umdrehte, sah ich den Hund, der auf mich zugerannt kam. Ich hatte keine Angst, sondern empfand eher Wut, weil er mir mein Spiel verdarb, gerade als ich eine Glückssträhne hatte. Ich blieb ruhig stehen. Der Hund bremste kurz vor mir ab, wahrscheinlich irritiert

von meiner Gleichgültigkeit. Er knurrte, ging in Angriffs-
stellung und fletschte die Zähne. Plötzlich fühlte ich eine
lähmende Angst, solche gewaltigen Zähne hatte ich noch
nie gesehen. Der Hund sprang mich an. Hilflos ruderte ich
mit den Armen und traf ihn ungewollt auf die Nase. Da
biss er sich in meiner rechten Schulter fest und ließ erst los,
als ich in Ohnmacht fiel.

Als ich wieder zu mir kam, wunderte ich mich über das
erschrockene Gesicht meiner Mutter. Der Rettungswagen
fuhr lärmend heran, und bald lag ich auf der Bahre. Wie ein
Held sah ich auf die weinende Samira, als wäre ich in einer
römischen Arena von einem Löwen gebissen worden, wie
im Film *Quo vadis*, den ich eine Woche davor gesehen hatte.

Meine Mutter musste trotz ihrer Tränen lachen, als ich
sie etwas angeberisch zu beruhigen versuchte. »Es ist nur
ein Kratzer«, sagte ich, und sie streichelte mein Gesicht
und weinte.

Und so landete ich im Krankenhaus. Die Wunde war
schlimm, aber noch schlimmer war die Tetanusspritze
gegen Wundstarrkrampf. Mit ihren Nebenwirkungen
setzte sie mir mehr zu als der Biss selbst. Fieber, Schmer-
zen, Durchfall und Verwirrtheit plagten mich tagelang.
Meine Mutter erzählte später, ich hätte zwischendurch türkisch gesprochen. Ihre Tante, die alte Magda, hätte sich
prächtig amüsiert und sich auf Türkisch mit mir unterhalten. Mein Vater, der zeit seines Lebens Krankenhäu-
sern misstraute, mutmaßte, man habe mir bestimmt ein
schlechtes Mittel gegeben.

Von da an nahm ich mich in Acht vor Hunden.

Ich war damals, wie bereits erwähnt, in Samira verliebt
und durfte sie, wenn ihr Vater nicht da war, besuchen
und mit ihr spielen, weil ihre Mutter mich sehr mochte.
Ihr Vater war Steward bei der syrischen Fluggesellschaft.
Niemand verstand genau, was er eigentlich arbeitete. Seine

Frau erzählte den Nachbarinnen, er empfange die Fluggäste und beruhige sie, und wenn der Kapitän müde sei, übernehme er das Kommando. Er kenne alle Reiserouten und sei unverzichtbar in seinem Team. Ich verstand damals noch weniger als die Nachbarinnen, was der Mann tat, aber er war selten da, und das war gut so.

Eines Tages brachte er einen jungen Schäferhund aus Hamburg mit. Das war die Sensation in unserer Gasse. Nie zuvor hatten die Nachbarn einen importierten Hund gesehen.

Samiras Familie war sehr stolz auf den Hund und nannte ihn Zorro. Er war aber Samiras Liebling, und sie balgte oft mit ihm.

»Ist er nicht schön?«, fragte Samira.

»Doch, doch«, heuchelte ich feige. Ich fand ihn überhaupt nicht schön. Sein Kopf war zu spitz. Sein Maul war viel zu groß für seinen Kopf. Seine Zunge schien zu lang geraten zu sein. Sie hing ihm dauernd aus dem Maul. Und seine Ohren waren wie von einer Fledermaus geliehen.

Bereits bei der ersten Begegnung schaute er mich misstrauisch an. Er war jung, und trotzdem hatte er sich sofort seine Meinung über mich gebildet.

Wir unterschätzen die Klugheit der Tiere.

Ob ich vor Samira angeben wollte oder ob es ein verzweifelter Versuch war, meine Angst zu überwinden, weiß ich heute nicht mehr, aber nach drei Monaten wagte ich immerhin, mit ihm zu spielen. Er schien sich aber inzwischen vor mir zu fürchten. Wenn ich ihn anstarrte, jaulte er erbärmlich.

»Er hat Angst vor dir«, sagte Samira. In ihren Augen lag eine seltsame Mischung aus Bewunderung für mich und Mitleid mit dem Hund. Als ich ihr verriet, dass ich ihre Gefühle und Gedanken kannte, schaute sie mich ungläubig an. »Woher?« Ich hatte keine Antwort.

Denn so unglaublich es klingt: Seit dieser Zeit im Krankenhaus – nach dem ersten Biss – konnte ich Gedanken, unsichtbare Stimmungen und Zu- oder Abneigung meiner Mitmenschen aus ihren Augen lesen. Erklären werde ich dieses Phänomen nie können. Dreimal verlor mein Vater eine Wette gegen mich, weil ich mit meiner Vermutung richtiglag. Seine Freunde erschraken, als ich ihnen erzählte, was sie gerade dachten oder fühlten. Dabei hatte ich es einfach in ihren Augen gelesen. Wie? Wusste ich nicht. Der Augenarzt entdeckte eine gewisse Wölbung in meiner Netzhaut, ähnlich einer Linse. Mehr hatte er dazu nicht zu sagen.

Leider verlor ich diese wundersame Fähigkeit nach etwa vier Jahren wieder.

Zorro wuchs schnell, und allmählich verschwand seine Angst vor mir, nicht dagegen sein Unbehagen. Ich spielte nur widerwillig mit ihm, und nur, weil es Samira wünschte. Der Hund durchschaute mich mit seinen klugen Augen. Bald aber hatte ich mich an sein Bellen und Knurren gewöhnt, mit dem er mich empfing, und er gewöhnte sich an meine Besuche.

Mit der Zeit akzeptierte mich sogar Samiras Vater und nannte mich seinen »Schwiegersohn«. Der inzwischen ausgewachsene Deutsche Schäferhund mochte mich aber immer weniger. Ich hatte nicht den Eindruck, dass er generell eifersüchtig war, wie Samiras Mutter sein Knurren erklärte, denn bei anderen Männern, die Samira ebenfalls mochten, vor allem bei diesem reichen Juwelier Sami, der fast dreißig war und einem jungen Schulmädchen den Hof machte, war Zorro in meinen Augen zuvorkommend und bisweilen unterwürfig.

Dass es zu einem zweiten Biss kam, hatte mit meiner Dummheit und Leichtgläubigkeit zu tun.

Ich war fast vierzehn und verbrachte den Sommer in den Bergen. Dort gab mir ein Bauernjunge den blöden Rat, ich bräuchte mich, wenn ich einen Hund sehe, nur nach einem Stein zu bücken, und schon würden die Hunde in schmerzlicher Erinnerung an manch einen Treffer wegrennen. Die sadistischen Bauernjungen traktierten die Hunde nämlich ziemlich oft und machten sie zur Zielscheibe ihrer Steine und Stöcke.

Zweimal funktionierte der Trick tatsächlich. Die Hunde jaulten und suchten mit eingezogenem Schwanz das Weite, sobald ich theatralisch nach einem Stein suchte. Beim dritten Mal funktionierte es nicht. Es war ein Hirtenhund, der, wie ich leider erst hinterher erfuhr, bereits zwei Wölfe erledigt hatte und noch nie mit einem Stein beworfen worden war. Er war ein großer, stolzer schwarzer Hund. Sein Angriff kam so schnell, dass ich kaum begriff, was los war. Er stieß mich um und biss mich in den Bauch. Sein Besitzer eilte herbei und rief den Hund mit einem Pfiff zu sich. Mir warf er einen verächtlichen Blick zu, als wollte er mir sagen: Mein Hund greift nur Wölfe und Dummköpfe an. Eine Nachbarin hatte ihm zugerufen, ich sei selbst schuld, weil ich nach einem Stein gegriffen hätte.

Die Wunde wurde notdürftig versorgt, aber als mein Vater sie abends sah, schüttelte er den Kopf, packte mich in seinen Fiat und fuhr mich noch in derselben Nacht nach Damaskus. Ich wurde genäht und mit allen möglichen Mitteln vollgepumpt. Ich sagte dem Arzt, dass ich bereits geimpft war, aber mein Vater bat um eine weitere Tetanusspritze, weil der frühere Arzt angeblich ein falsches Mittel gebraucht hatte. Mein Zustand verschlechterte sich. Ich bekam Fieber, Durchfall, Kopfschmerzen und Halluzinationen. Diesmal dauerte der Zustand nicht nur ein paar Tage, sondern über eine Woche. Die Ärzte lobten meinen Vater für sein beherztes Handeln. Ich wäre, meinten sie, bestimmt gestorben, wenn er mich nicht so schnell ins Krankenhaus gebracht hätte.

Meinen Vater ließ das Lob kalt. »Schon wieder wurden die falschen Medikamente eingesetzt, die kaum Wirkung zeigen, dafür aber schlimme Nebenwirkungen haben«, sagte er mit Verbitterung in der Stimme. Meine Mutter jedoch beruhigte mich. Sie habe zehn Kerzen für die heilige Maria angezündet, zwei mehr als beim letzten Mal.

Samira besuchte mich täglich, und im Krankenhaus sagte sie mir, dass sie mich liebe und dass sie deshalb auch keinen anderen heiraten würde.

Ich las in ihren Augen wie in einem offenem Buch, dass sie wirklich so dachte. Sie erschrak allerdings, als ich sie fragte, warum sie an diesen Sami denke, denn sein Name war in ihren Augen nicht zu übersehen.

»Woher weißt du das?«, fragte sie verlegen. »Er ist verliebt in mich, aber er nervt mich mit seinen Blumen.«

Das war die erste Lüge, die Samira mir auftischte. Ich schwieg.

Mein Zustand besserte sich langsam, und ich kam abermals mit dieser wundersamen Fähigkeit aus dem Krankenhaus, zu wissen, was die Leute dachten, während sie mit mir sprachen, solange sie mir nur in die Augen schauten. Diesmal hielt das wundersame Phänomen fast ein halbes Jahr an, aber es machte mir das Leben nicht leichter. Erst war ich begeistert, aber nachdem ich zwei Freunde verloren hatte, denen ich ins Gesicht sagte, dass sie lügen, wurde ich vorsichtiger. Ich tat oft so, als würde ich die Augensprache nicht verstehen. Und das war verdammt schwer.

Zum Beispiel musste ich so tun, als verstünde ich nicht, warum Sami, der fünfzehn Jahre älter als Samira war, »zufällig« ins Haus kam und von den Eltern besonders freundlich behandelt wurde.

Etwas Seltsames ereignete sich in dieser Zeit. Ich stellte fest, dass sich die Gesichter von Samiras Eltern veränderten. Sie wurden hündischer. Samira lachte mich aus, aber sie lachte nicht mehr, als ihr Vater erzählte, er habe unter den Passagieren drei Schmuggler erkannt. Er roch die Drogen, die sorgfältig im doppelten Boden ihrer Taschen versteckt waren. Er bekam eine Prämie und war stolz darauf.

Er konnte aus drei Metern Entfernung riechen, was ein Nachbar zwei Stunden zuvor gegessen hatte.

Und dann erwischte er einen Schmuggler, der eine Menge Rauschgift im Handgepäck und am Körper trug. Der Mann wurde zornig und gewalttätig, aber als Samiras Vater ihn ansprang und ihm ein Stück seines Ohres abbiss, brach der Mann zusammen und jammerte, war nur noch ein Häuflein Elend.

Niemand wunderte sich darüber, dass ein Mann im Streit das Ohr seines Rivalen abbiss. Und keiner außer mir merkte, dass sich Samiras Vater in einen exzellenten und dazu bissigen Drogenhund verwandelt hatte. Der Leiter des Flughafens merkte bald, dass dieser Steward mehr Schmuggler erwischte als der Zoll. Er sorgte dafür, dass Samiras Vater am Flughafen alle Gepäckstücke mit seiner genialen Nase beschnüffelte. Fehlerquote: ein Prozent. Samiras Vater war stolz darauf, und er musste nicht mehr fliegen. Die Prämien regneten nur so auf ihn herab. Sein Name stand in der Zeitung: Der Mann mit der wundersamen Nase.

Aber er wurde mir gegenüber abweisender. Irgendwann hörte er auf, mich »Schwiegersohn« zu nennen. Und in Samiras Augen wuchs die Fläche, die man »Sympathie für Sami« nennen könnte. Ich sagte nichts. Später erst sollte ich erfahren, dass dieses Schweigen ein Hauptmerkmal der »Katzenmenschen« ist. »Hundemenschen« dagegen sind redselig.

Ich schwieg also und genoss Samiras Küsse. Zorro knurrte.

In den darauf folgenden Monaten erlebte unsere Gasse etwas, das bisher niemand je gesehen hatte, den lesenden und rechnenden Hund nämlich. Und das kam so: Samiras Mutter war von Anfang an überzeugt, dieser Hund »made in Germany« sei besonders intelligent. Sie übertrieb mit der Beschreibung seiner Klugheit und erntete Gelächter. Eines schönen Tages erzählte sie uns, die erste Tierarztpraxis in Damaskus sei eröffnet worden. Der Doktor würde auch die Seele der Tiere behandeln. Samiras Mutter rannte mit Zorro hin, da dieser angeblich kaum noch Appetit zeigte und den ganzen Tag schlief oder gähnte. Sie kam gerührt zurück, mit der Behauptung, Zorro sei unterfordert und langweile sich zu Tode, und deshalb solle er anspruchsvolle Aufgaben bekommen. Er könne rechnen und lesen lernen. Sie solle dreimal in der Woche mit Zorro zum Arzt gehen.

Samira und ich lachten über die leichtgläubige Mutter. »Warum soll ein Hund rechnen?«, fragte ich.

»Und welches Alphabet lernt er? Das Wau-Wau-Alphabet?«, giftete Samira. Die Mutter schüttelte nur den Kopf. »Ihr seid noch Kinder«, flüsterte sie im Hinausgehen.

Monatelang ging sie mit dem Hund zum Arzt. Samiras Vater war ebenfalls nicht abgeneigt. Er zahlte und bewunderte Zorros Fortschritte. Eines Tages dann führte die Mutter vor der Nachbarschaft die Fähigkeiten ihres deutschen Hundes vor. »Zwei und fünf?«, fragte die Mutter, und die Nachbarn staunten, als der Hund mit seiner Pfote siebenmal auf ein Brett klopfte, das sie ihm entgegenhielt. »Zwei geteilt durch zwei«, und der Hund klopfte tatsächlich nur einmal. Wurzel aus neun. Der Hund klopfte dreimal.

»Um Gottes willen! Das ist ja phänomenal!«, rief der Mathematiklehrer, aber die meisten Nachbarn wussten nicht, was die Wurzel einer Zahl ist.

»Wie geht es dir?«, fragte Samiras Mutter mit vor Stolz geschwellter Brust, und der Hund klopfte die jeweiligen

Buchstaben. Jeder Buchstabe war durch eine Klopfzahl auf einer großen Tafel dargestellt. Die Leute konnten sehen, dass er »gut« antwortete.

»Hast du Hunger?« Und der Hund klopfte die Buchstaben seiner Antwort: »Ja, imar.« Das zweite Wort war falsch geschrieben, aber jeder verstand es.

»Fabelhaft«, riefen einige der Anwesenden. Tante Fadia bekreuzigte sich. »Heilige Maria! Das ist ein Teufelswerk.«

Es war aber kein Teufelswerk, denn der Teufel ist zu klug, als dass er mit solchen Zirkustricks arbeiten müsste.

Samiras Mutter, die früher kaum das Haus verlassen hatte, ging nun täglich mit dem Hund spazieren, und plötzlich sprachen sie nicht nur Nachbarn, sondern auch fremde Leute an. Sie erkundigten sich nach dem Hund und hörten erstaunt zu, was die Frau zu berichten hatte. So wie Oldtimer keine Fahrzeuge, sondern Gesprächsstoff sind, werden Hunde nicht als Wach-, Hirten- oder Jagdhunde wahrgenommen, sondern sie dienen ihren Besitzern dazu, sich interessanter zu machen. Ob Killerbestien oder synthetisch hergestellte Schoßhunde, die außer zu zittern nichts fertigbringen, alle stellen ihren Besitzer in den Mittelpunkt des Interesses.

Samiras Mutter mochte den Hund so sehr, dass es mir manchmal vorkam, es wäre mehr als bloße Zuneigung. Aber vielleicht war das nur eine böse Unterstellung, weil sie mich nicht mehr gerne bei ihrer Tochter sah. Doch auch Samira vertraute mir an, ihre Eltern streichelten und küssten Zorro mehr als sich gegenseitig.

Irgendwann durchschaute Samira den Trick ihrer Mutter. Zorro war darauf dressiert worden, bestimmte Signale seiner Herrin als Befehle zu verstehen. Ein für das Publikum unauffälliger Wimpernschlag, eine kaum wahrnehmbare Bewegung des Daumens, und der Hund hörte auf zu klopfen, nämlich dann, wenn das Klopfen der richtigen

Lösung oder Antwort entsprach. Samiras Mutter gab ihre Trickserei nie zu, und Zorro vergaß diese Episode in seinem Leben bald. Er war trotzdem klug, aber anders.

Vielleicht sind wir noch zu rückständig, um das zu verstehen. Tiere denken vielleicht nicht in Wörtern, sondern in Farben, in elektromagnetischen Wellen, Gerüchen und Tönen, die sie intensiver als der Mensch aufnehmen können. Dazu kommt ein sagenhaftes Erinnerungsvermögen, das bei etlichen Tieren viel ausgeprägter ist als beim Menschen.

Manchmal hielt Zorro mitten im Spiel mit Samira inne, schien sich nicht mehr dafür zu interessieren. Nicht selten begann er dann, »unbegründet« zu bellen oder wie verrückt zur geschlossenen Tür oder zum Fenster zu rennen, als wollte er hinaus. Samira und ich hörten, sahen und rochen nichts. Aber fünf Minuten später klopfte die Mutter, die vom Einkaufen zurückkam, an die Tür. Oder wir hörten einen Schrei, weil fünf Häuser weiter in der Küche ein Feuer ausgebrochen war.

Wir sprachen viel über die Tiere, und ich durchforstete die Büchereien und Buchhandlungen nach entsprechender Lektüre. Stolz erzählte ich Samira, was ich inzwischen wusste, und Samira hörte gespannt zu. In solchen Augenblicken verschwand Sami aus ihren Augen.

Heute, nach über fünfzig Jahren, erinnere ich mich genau an den Tag, an dem mich Zorro gebissen hat. Ich war achtzehn und stand kurz vor dem Abitur. Samira auch. Ich vergesse den Tag nicht, weil Samira mir an diesem Tag eröffnet hatte, sie wolle mich ihr Leben lang lieben, aber heiraten wolle sie Sami. In ihren Augen war keine Spur von Lüge. Sie weinte, und ich weinte mit ihr. Wir küssten uns ungestüm, und plötzlich zerriss ein Schmerz meine Wade, als hätte sich ein glühender Pfeil hineingebohrt. Ich schrie auf und sah, wie der Hund seine Zähne in mein Fleisch grub.

»Zorro! Aufhören! Böser Zorro!«, rief Samira entsetzt, und zum ersten Mal versetzte sie ihrem Liebling einen Tritt in den Bauch, der ihn völlig durcheinanderbrachte. Er ließ von mir ab. Da traf ihn ein kräftiger Schlag von Samiras flacher Hand. Er jaulte erbärmlich auf. Blut spritzte von meinem Bein. Samira behielt die Nerven und band mir blitzschnell das Bein oberhalb der großen Wunde ab. Sie schrie laut nach ihrer Mutter, die entsetzt den Notarzt rief. Und so lag ich ein drittes Mal im Krankenhaus.

»Sag mal«, scherzte der Oberarzt, »warum mögen die Hunde dein Fleisch so sehr?«

Zehn Zentimeter lang war die Wunde, und weil sie keine glatten Ränder hatte, sondern ziemlich zerfetzt war, musste sie mit zwanzig Stichen genäht werden. Bis heute trage ich die Narbe als Erinnerung an Zorro. Sie ist zackig wie das Z, das Zorro im Film als Visitenkarte überall zurückließ.

Mein Körper reagierte diesmal heftiger denn je, und mein Vater führte das auf die schlechte Behandlung beim letzten Biss zurück. Er überzeugte den Chefarzt, mir noch einmal eine Tetanusspritze zu geben. Über einen Monat musste ich auf der Intensivstation bleiben.

Schließlich wurde ich aus dem Krankenhaus entlassen. Ich war nur noch ein Skelett. Als ich mich zum ersten Mal wieder mit jemandem unterhielt, merkte ich, dass ich die Augensprache bei den Menschen diesmal nicht verstand. Die große Überraschung aber sollte erst noch kommen. Am Nachmittag tauchte Samira bei uns auf. Hinter ihr trottete Zorro. Sie trug bereits den Verlobungsring, aber sie fürchtete das Geschwätz der Nachbarn nicht, die von unserer Liebesbeziehung wussten.

»Er will sich bei dir entschuldigen«, sagte sie. Ich schaute Zorro an und erschrak. Ich konnte in seinen Augen lesen, dass es ihm leidtat. Samira ließ uns alleine und ging zu meiner Mutter in die Küche. Sie mochte deren Kochkunst.

Der Hund schaute mich mit traurigen Augen an. Ich las: Er habe mich gebissen, weil ich eine Katze sei. Woher er das wissen wolle, fragte ich zurück. Ich dachte, er spinnt. Aber seine Antwort kam prompt, nein, er spinne nicht, Hunde seien Experten für die Seele des plappernden Zweibeiners, weil sie ihn seit Jahrtausenden beobachteten. Der Mensch trage immer ein Tier in sich, und dieses Tier präge ihn. Mancher halte einen Affen in seiner Seele verborgen, ein anderer eine kleine oder große Katze, ein Dritter trage einen Hund mit sich herum. Manch einer verwandele sich laufend, mal sei er ein Affe, mal ein Hund und ein anderes Mal ein Esel.

»Du bist ein Katzenmensch«, sagte Zorro. »Deshalb wirst du von jedem Hund gebissen, sobald du dich wie eine jämmerliche kleine Katze verhältst. Bist du ein Löwe, so gehen dir die Hunde aus dem Weg. Es sei denn, sie sind eine Meute«, sagten Zorros Augen mit Nachdruck.

Als er mich gebissen habe, sei ich eine kleine, jämmerlich heulende Katze gewesen, und da konnte er der Versuchung nicht widerstehen, eine Erzfeindin einmal richtig zu beißen.

»Und was, wenn ich mich wie ein Löwe fühle?«

»Bitte nicht, bitte nicht«, jammerte der Hund.

Samira kam in diesem Augenblick ins Zimmer, und ich zog sie zu mir heran. Sie setzte sich lachend auf meinen Schoß.

»Ich bin ein Löwe, und schau mal, wie ich deine Herrin auffresse«, sagte ich zu Zorro.

»Bitte nicht«, flehte der Hund und jaulte erbärmlich. Ich drückte Samira an mich und küsste sie auf den Mund, bis sie kaum noch atmen konnte.

»Mein Gott, was ist in dich gefahren? Du frisst mich bald auf«, sagte sie vergnügt und wonnevoll.

»Ich bin ein Löwe«, sagte ich. Zorro kuschte mit untertänigem Blick. Er flehte mit seinen Augen, ich solle ihm bitte den kleinen Biss verzeihen. »Schon geschehen«, erwiderte ich ihm von Auge zu Auge und küsste Samira wieder.

»Ich muss dich küssen, damit ich zunehme«, sagte ich und saugte an ihrem Ohrläppchen.

»Wenn du so weitermachst, wirst du bald wie ein Nilpferd aussehen, und von mir bleibt nur ein Häuflein Knochen«, erwiderte sie.

Sie blieb meine Geliebte, bis ich mein Land verließ.

Meine Fähigkeit, die Augensprache der Hunde zu verstehen, behielt ich lange Jahrzehnte, und bis zum 10. Juli 2015 wurde ich nie wieder von einem Hund gebissen. Es reichte, wenn ich einem Hund bei der Begegnung von Auge zu Auge deutlich machte, dass ich ein Löwe war und ihm erlaubte, am Leben zu bleiben. An jenem Tag im Juli hatte mich eine Wespe an der Schläfe gestochen. Zwei Tage später griff mich Quattro, der kleine Rauhaardackel meines Nachbarn, an. Er erwischte aber nur meine Jeans. Zum Glück eilte sein Herrchen herbei und zog ihn schnell zurück. Ich war zutiefst erschrocken, denn ich dachte, ich hätte dem Dackel klargemacht, dass ich ein Löwe war. Dann aber wunderte ich mich über die gähnende Leere seiner Augen.

Seitdem kann ich mit keinem Hund mehr sprechen.

Einsamkeit

Im ersten Verhör der Kriminalpolizei gab Florian L. zu Protokoll, er wisse nicht, warum er an jenem Tag ohne sichtbaren Grund in die Zoohandlung gegangen sei. Ein halbes Jahr später soll er einem Psychiater leise anvertraut haben, der Todesengel habe ihn geschickt, und eine Woche darauf behauptete er, die Göttin der Gerechtigkeit sei Triebkraft für den Besuch der Tierhandlung gewesen, der sein Leben verändern sollte.

Es war an einem Samstagvormittag gewesen, als er die Zoohandlung in der Plöck, nicht weit von der Universitätsbibliothek in Heidelberg, betrat und eine Zeit lang zwei Wellensittiche betrachtete, die einander zu küssen schienen.

»Kann ich Ihnen helfen?«, hörte er eine Stimme hinter sich. Er drehte sich um. Und sah ihr Lächeln. Vermutlich wirkte die Frau auf alle, die ihr begegneten, »angenehm normal«, nicht weiter ungewöhnlich, aber Florian rührte das Lächeln bis in die tiefste Faser seines Herzens. Er war wie verzaubert, sprachlos, als stünde er vor einer atemberaubenden Landschaft.

»Ich weiß nicht … ich weiß nicht«, stotterte er. Wäre er mutig genug gewesen, hätte er »Ich habe gerade gefunden, was ich seit zehn Jahren suche, dein Lächeln nämlich, mit dem jeder Morgen zum Tor des Paradieses wird« gesagt. Aber nicht nur der Mut fehlte ihm, auch die Worte wollten sich nicht einstellen. Er war Requisiteur am Theater und zauberte Welten auf die Bühne. Dafür aber musste er nicht viel reden, und wenn, dann nur nüchtern und sachlich.

»Lassen Sie sich ruhig Zeit«, sagte die Frau und machte sich wieder an ihre Arbeit.

Da nahm Florian alle Reste seines Muts zusammen. »Nein, lieber möchte ich, dass Sie mich beraten. Bleiben …« Es reichte nicht mehr für die Worte, die den Satz eigentlich beenden sollten: »… Sie bitte bei mir.«

Die Frau lächelte verlegen. »In welche Richtung soll es denn gehen?« Als er zögerte, fuhr sie fort: »Ist das Tier für ein Kind oder für einen Erwachsenen?«

»Für mich«, antwortete Florian. In diesem Augenblick war er gleichzeitig ein Kind, das sich, umgarnt von ihrem Lächeln, wohl und geborgen fühlte, und ein Erwachsener, den eine große Unruhe erfasste. »Es soll möglichst pflegeleicht sein«, ergänzte er, da er anders als in gebratener, gekochter oder gegrillter Form noch nie mit Tieren zu tun gehabt hatte. Er war in der Stadt, in einer einfachen Beamtenfamilie groß geworden, da hatte es keine Möglichkeit gegeben, Tieren zu begegnen.

»Vielleicht ein Aquarium mit Fischen? Das ist schön und einfach in der Pflege«, schlug die Verkäuferin vor, deren professionelles Gespür ihr zu sagen schien, dass der Mann zum ersten Mal in seinem Leben ein Haustier erwerben wollte.

»Ja«, hörte Florian sich sagen, während seine Nase den angenehmen Duft der Frau aufnahm, der ihn an Apfelblüten erinnerte.

»Hier«, fuhr die Verkäuferin fort und zeigte auf ein leeres Aquarium, »dieses könnte ich Ihnen empfehlen. Zu klein sollte es für den Anfang nämlich nicht sein. Sonst haben Sie all die Arbeit, aber wenig Freude, weil kaum Fische darin Platz haben. Dieses hier hat hundertsechzig Liter Volumen, eine Pumpe, einen Filter und eine Abdeckung mit Beleuchtung. Sie können bei uns auch gleich Kies und Sand für den Boden kaufen. Es gibt, wenn Sie wünschen, sogar einen Unterschrank, in dem Sie Futter und alles verstauen können, was Sie zur Pflege brauchen.«

Sie schien alle Zeit der Welt für ihn zu haben. Ihre Kollegen kümmerten sich um die anderen Kunden, die zu dieser Stunde in die Zoohandlung kamen. Sie erklärte ihm in aller Ausführlichkeit, wie man mit dem Aquarium umgehen sollte, und er fragte immer neugieriger nach. Als er schließlich das Regal mit den Dekorationsartikeln entdeckte, meinte sie, es sei den Fischen egal, ob sich ein Wrack der Titanic, ein Piratenschiff oder ein Taucher als Dekor im Aquarium befände, und ließ ihn wissen, dass sie all dieses Zubehör ohnehin für Kitsch hielt. Hauptsache, das Aquarium stehe nicht in der Sonne, da dies zu starkem Algenwuchs führe. Mit Engelsgeduld gab sie über alles Auskunft, vom Futter bis zur idealen Wassertemperatur und -qualität. Auch über Krankheitserreger und Medikamente klärte sie ihn auf. Normalerweise hätte sein Kopf schon längst angefangen zu brummen. Jetzt aber wünschte er sich, mit der Verkäuferin auf einer Insel zu sein und mit ihr gemeinsam alle Fische des Meeres zu betrachten.

Schließlich fragte er sie um Rat, für welche Fische er sich entscheiden solle, und flocht unauffällig die Information ein, dass er allein lebe und berufstätig sei. Seine Flechtkunst allerdings war miserabel. Er fand seine Andeutung selbst ziemlich plump. Die Verkäuferin schien sie jedoch überhört zu haben und empfahl ihm für den Anfang robuste Fischarten. Und so vernahm er zum ersten Mal in seinem Leben die vielfältigen Namen der schönen kleinen Fische: Zahnkarpfen, Guppy, Schwertträger, Schwarze Molly, Neonfisch. Zu seiner Überraschung gab es sogar Fische, die Scheiben und Boden putzten.

Florian bezahlte, und die freundliche Frau beauftragte einen jungen Burschen, Florian samt Anschaffung nach Hause zu begleiten.

Zum Abschied drückte sie ihm die Hand und lächelte erneut, sodass Florian sich fast vergessen und die Frau umarmt hätte. So viel Freundlichkeit hatte er bestimmt zehn Jahre nicht mehr erlebt. Erst nach einer ganzen Weile gab er ihre Hand wieder frei.

»Wenn Sie irgendetwas brauchen, schauen Sie einfach vorbei«, sagte die Verkäuferin noch.

Florian nickte und sah in diesem Moment, dass sie zwei Eheringe an ihrem Finger stecken hatte.

Sie ist Witwe, dachte er erfreut.

In der darauffolgenden Nacht schlief er kaum. Er hatte Aquarium und Schrank aufgebaut. Zu seiner freudigen Überraschung funktionierte alles bestens. Und mit jedem Handgriff hatte er an das Lächeln der Frau gedacht. Als er am nächsten Morgen aufwachte, hatte seine Wohnung mit dem beleuchteten Aquarium und den bunten Fischen darin etwas Zauberhaftes gewonnen, wie er fand.

Als er die Fische fütterte, erinnerten sie ihn an verspielte Kinder. Er hatte sich immer Nachwuchs gewünscht, aber Elisabeth, seine Exfrau, konnte Kinder nicht ausstehen. Als sie schwanger wurde, trennte sie sich von ihm und dem Embryo. Endgültig.

In der Mittagspause ging Florian zurück in die Zoohandlung. Die Verkäuferin kam mit besorgtem Gesicht auf ihn zu. Ihr Blick schien zu fragen, ob etwas schiefgegangen sei.

»Das Aquarium ist wunderschön«, flüsterte er kaum hörbar. »Danke.«

Sie lächelte erleichtert, und Florian überlegte fieberhaft, wie er möglichst beiläufig auf die Theaterkarte zu sprechen kommen könnte, die er in seiner Tasche stecken hatte. Am Abend stand *Così fan tutte* auf dem Programm.

»Können Sie Italienisch?«, fragte er schließlich.

»Ja, meine Mutter ist Italienerin. Warum?«

»Ich habe Ihnen eine Theaterkarte für die Oper von Mozart mitgebracht, als Dank. Mögen Sie Mozart?«

»Sehr«, sagte sie. »Als Kind wollte ich sogar Sängerin werden, aber es sollte anders kommen.« Ein Hauch von Trauer wehte über ihr Gesicht. Er zog die Karte aus der Tasche und überreichte sie ihr.

Sie war sichtlich überrascht. »Und Sie? Sie laden mich ein und gehen nicht mit?«

»Ich bin im Haus, allerdings hinter der Bühne, von dort aus kann ich Sie immerhin sehen. Ich bin Requisiteur. Mein Name ist Florian«, fügte er rasch hinzu, bevor der Mut ihn verließ.

»Ach so!«, sagte sie erleichtert. »Ich freue mich sehr darüber.«

Draußen auf der Straße schalt Florian sich, dass er so feige gewesen war und sie nicht nach ihrem Namen gefragt hatte.

Abends im Theater sah er sie der Musik lauschen und lachen und vergaß manchmal sogar seine Arbeit. Nach der Vorstellung lud er sie zu einem Glas Wein ein. Aber sie entschuldigte sich umständlich und eilte davon.

Am nächsten Tag hatte er frei. Wieder lenkten ihn seine Schritte in die Zoohandlung. Die Frau war vollkommen durcheinander und hatte sich offensichtlich bemüht, ihre verweinten Augen mit Schminke zu vertuschen, aber ihr Blick schien in einem See aus Traurigkeit zu ertrinken.

»Was ist denn los?«, fragte er, als er merkte, dass sie mit aller Kraft die Tränen zurückhielt. Sie antwortete nicht.

»Gut«, sagte er, weil er nichts anderes zu sagen wusste. »Heute möchte ich einen Hamster kaufen, mit Käfig und allem Drum und Dran.«

Sie lächelte verlegen. »Das meinen Sie nicht ernst.«

»Doch, doch, und ich wünsche, dass Sie mich so ausführlich beraten wie bei den Fischen, damit sich der Hamster bei mir wohlfühlt.«

Nachdem sie ihm alles erklärt und er bezahlt hatte, begleitete sie ihn zur Tür. Da fasste er sich ein Herz und fragte, ob sie nicht abends mit ihm ausgehen wolle.

Aber sie schüttelte den Kopf.

In den darauffolgenden Tagen und Wochen kehrte er immer wieder in die Zoohandlung zurück. Beim Kauf der Schildkröte erfuhr er, dass sie Melanie hieß. Und so nannte er die beiden Wellensittiche, die er beim nächsten Mal erstand, Florian und Melanie. Beim grauen Papagei duzten sie sich. Er erfuhr, dass sie in der Rohrbacher Straße zu Hause war, nicht einmal zehn Minuten entfernt von seiner Wohnung. Er schenkte ihr eine Theaterkarte für *Romeo und Julia*, diesmal für einen Tag, an dem er freihatte, und sein Chef staunte nicht wenig, als er Florian ins Theater kommen sah.

Am Wochenende darauf lud er Melanie das erste Mal zu sich nach Hause ein. Den ganzen Vormittag über hatte er die Wohnung geputzt und die Tiere besonders gut gepflegt.

Als sie kam, war sie überwältigt von dem freundlichen Empfang. Die Tiere schienen sie wiederzuerkennen und sich mit Florian zu freuen.

»Sie mögen dich auch«, sagte er. Den Satz hatte er sich zurechtgelegt. Sie lächelte.

Sie setzten sich zu Kaffee und Kuchen. Immer wieder entkam ihr ein fröhliches Lachen, in dem Distelfinke und Spatzen zu wohnen schienen. Irgendwann, es war schon einige Zeit vergangen, berührte er ihre Hand. Melanie zuckte zusammen und zog ihre Hand zurück. Ihr Lachen war wie von der plötzlichen Stille aufgesaugt.

»Alles, nur das nicht«, sagte sie mit gesenktem Blick. Nach einem Moment des Schweigens fuhr sie fort, er sei ein feiner Mann, und sie bedaure sehr, ihn nicht früher getroffen zu haben. Sie sei aber inzwischen, nachdem ihr Ehemann vor zwei Jahren überraschend gestorben sei, wieder mit einem Mann zusammen. Sie liebe ihn, aber er sei eifersüchtig. Sie habe Mitleid mit ihm, weil er ihr nicht glauben könne, dass sie ihm immer treu sei. Er lese ihre Tagebücher und durchsuche ihre Kleider nach irgendwelchen Hinweisen. Jedes Mal, wenn sie ausgehe, verhöre er sie regelrecht. Und dann gestand sie Florian, dass ihr Freund sie nach dem ersten Abend in der Oper geschlagen habe, weil sie so fröhlich und beschwingt nach Hause gekommen war.

»Geschlagen?«, fragte Florian entsetzt. Sie nickte und erzählte ihm dann von ihren verzweifelten Versuchen, sich von ihrem Liebhaber zu trennen, und wie sie ein ums andere Mal zu ihm zurückkehrte. Sie war wie süchtig nach ihm. In seiner Nähe genoss sie das Feuer, das sie manchmal zu verbrennen drohte. Hatte sie mehr Abstand, fühlte sie sich elend.

Florian hatte den Eindruck, dass Melanie dem Hirngespinst erlegen war, diesen gewalttätigen Mann durch liebevolle Duldung heilen zu können. Aber er versprach, sie nicht wieder anzufassen, wünschte sich lediglich, sie so oft wie möglich zu sehen. Melanie nickte erleichtert.

Von nun an kam sie immer wieder, und er erzählte ihr von seinen Erlebnissen mit den Tieren. Er erzählte, um von seinem Elend abzulenken, das ihn seit seiner Kindheit in einem, wie er es nannte, »Totenhaus« umschlossen hielt. Zärtlichkeit war dort ein Fremdwort gewesen. Er konnte sich nicht daran erinnern, dass seine Eltern sich je vor seinen Augen geküsst oder ihren Sohn liebkost hätten.

Melanie hörte aufmerksam zu, was er zu erzählen hatte, und heiterte ihn immer wieder auf. Nach etwa einem Monat vertraute sie ihm an, dass sie sich nirgends so gelassen fühlte, wie wenn sie bei ihm saß oder sich mit seinen Tieren beschäftigte. Zum Geburtstag schenkte sie ihm einen schönen Kanarienvogel, dessen Gesang ihn verzauberte. Es war das erste Geburtstagsgeschenk, das er je erhalten hatte. Seine Eltern kannten diesen Brauch nicht, und Elisabeth, seine Exfrau, feierte selten Geburtstage. Florian erfuhr nie, wie Melanie darauf gekommen war, wann er Geburtstag hatte, viel wichtiger aber war, dass sie ihm zur Feier des Tages einen Kuss auf die Wange drückte. Er war den Tränen nahe. Und die Erhabenheit des Augenblicks ließ ihm sein Elend noch bitterer werden.

Florian ging routiniert seiner Arbeit nach und wurde immer schweigsamer. Das störte seinen Chef wenig. Dass Florian jedoch keine Überstunden mehr machen oder kranke Kollegen vertreten wollte, das missfiel ihm sehr.

Florian ging nach der Arbeit lieber rasch nach Hause, um sich mit den Tieren zu beschäftigen, die immer zutraulicher wurden. Und nach wie vor schienen alle Tiere auch Melanie zu lieben, denn sobald sie die Wohnung betrat, wurden sie von einer freudigen Unruhe erfasst. Lächelnd fütterte Melanie die Tiere und säuberte gemeinsam mit Florian das Aquarium sowie die Käfige. Sie ermutigte ihn, die Kanarienvögel und Wellensittiche in der Wohnung fliegen zu lassen, und wenn sie genug hatten, kehrten sie in ihre Käfige zurück.

Etwa nach einem Vierteljahr vertraute Melanie ihm an, dass sie ihren Freund belüge, wenn er sie frage, warum sie so guter Dinge sei. Florian freute sich darüber und dachte schon, ihre Abhängigkeit bekäme erste Risse.

So offen Melanie war, so verschwiegen gab er selbst sich. Er enthielt ihr vor, dass er seinen Job verloren hatte, angeblich weil er seine Arbeit vernachlässigt hatte. Er suchte fieberhaft nach einer neuen Beschäftigung, ohne Erfolg. Wirklich Kummer bereitete ihm dies jedoch nicht. Er hatte etwas Geld geerbt und auf der Bank angelegt, sodass er nichts zu fürchten hatte. Während er jetzt auf Melanie wartete, pflegte er hingebungsvoll seine Tiere.

Immer mehr reifte in ihm die Idee, eine eigene schöne Zoohandlung aufzumachen. Er schmiedete Pläne, recherchierte in Katalogen und auf Internetseiten, rechnete und kalkulierte. Drei Monate nach seiner Entlassung wollte er Melanie zu ihrem Geburtstag das Angebot unterbreiten.

Sie kam am Nachmittag. Kuchen und frischer Kaffee standen bereits auf dem liebevoll, wenn auch unbeholfen geschmückten Tisch. Melanie erzählte, dass ihr Freund geschäftlich in Stuttgart war und erst am späten Abend zurückkommen würde. Anders als sonst aber wirkte sie nicht fröhlich, sondern war eher nervös. Florian wollte ihr gerade von seinem Vorhaben erzählen und ihr den großen Umschlag mit den Plänen überreichen, da brach Melanie in Tränen aus. Ihr Freund habe herausgefunden, berichtete sie schluchzend, dass sie Florian oft besuchen gehe. Er habe sie in der vergangenen Nacht geschlagen und ihr damit gedroht, sie und Florian zu erschießen, wenn sie ihn, den Freund, verlassen würde. Sogar die Pistole habe er ihr gezeigt. Dann aber habe er zu weinen begonnen und ihr die Füße geküsst und sie angefleht, bei ihm zu bleiben. Melanie war völlig aufgelöst.

Der Hamster erstarrte in seinem Laufrad, die Schildkröte streckte ihren Kopf, so weit sie konnte, aus dem Panzer heraus, und Papagei, Kanarienvogel und Wellensittich blickten Melanie mit traurigen Augen an. Nur die Fische schwammen gleichgültig wie immer umher.

Melanie weinte wie ein Kind. Verzweifelt ließ sie sich von Florian in den Arm nehmen und lehnte ihren Kopf an seine Brust. Er küsste sie auf die Stirn.

»Du musst weg von ihm. Er ruiniert dich noch«, sagte er nachdrücklich. Schluchzend schob sie ihn von sich und schaute ihn mit verweinten Augen an.

»Ich kann nicht«, sagte sie. »Verzeih mir.« Mit diesen Worten wandte sie sich von ihm ab und lief davon. Noch bevor er wusste, wie ihm geschah, hörte er die Wohnungstür ins Schloss fallen. Er lief hinter ihr her, aber sie war verschwunden, wie vom Erdboden verschluckt.

Am nächsten Tag bat sie ihn herzlich, sie nicht mehr in der Zoohandlung zu besuchen. Die Kolleginnen hätten angefangen zu tuscheln, und bestimmt hätte ihr Freund von ihnen erfahren, dass Florian sie in dem Geschäft besuche.

Seine Sehnsucht musste er von nun an in Fesseln legen. Er verfluchte seine Füße, die ihn immer wieder in die Nähe der Zoohandlung trugen. Mit der Zeit versank er in einem tiefen dunklen Loch aus Kummer und Trauer.

Viele Wochen später, an einem sonnigen Septembertag, saß er traurig auf einer Bank in der Nähe des Bahnhofs und beobachtete junge Männer und Frauen, die fröhlich Hand in Hand durch die Straße gingen. Der Anblick der glücklichen Paare ließ seine Einsamkeit zu einem bitteren Geschmack im Mund werden, und er wusste, dass er gescheitert war.

Ein Mann setzte sich neben ihn, und sie kamen ins Gespräch, und bald tranken sie in der Bahnhofskneipe ein Bier zusammen. Beim dritten Bier lud ihn Heiner, so hieß der Mann, zu sich nach Hause ein, um eine Kleinigkeit zu essen und zu plaudern. Florian fühlte sich erleichtert. Sie tranken immer weiter, und irgendwann zog Heiner eine kleine Papiertüte aus seiner Westentasche. Er kippte den Inhalt auf die Glasplatte des Wohnzimmertisches und schob das weiße Pulver mit seiner Kreditkarte zu einer Linie zusammen. Dann holte er ein Schnupfröhrchen aus einer Kommodenschublade, drückte das eine Nasenloch zu und sog das Pulver mit dem Röhrchen durch das andere

Nasenloch auf. Die Pulverlinie verschwand bis zum letzten Körnchen.

Lächelnd lehnte er sich zurück.

Florian, der Drogen bis dahin nur aus Filmen kannte, erschrak. »Ist das nicht gefährlich?«

»Quatsch!«, sagte Heiner. »Das ist alles Propaganda. Ich nehme das Zeug seit zehn Jahren. Es gibt kein besseres Mittel gegen die Traurigkeit.«

Und so schnüffelte Florian zum ersten Mal und fühlte sich mehr als wohl. Verschwunden waren Kummer und Trauer. Er lachte mit Heiner die ganze Nacht durch. Vor dem Abschied kaufte er Heiner zwei Tütchen mit Pulver ab. Er staunte nicht wenig, wie teuer das Zeug war.

Von nun an traf er Heiner immer wieder am Bahnhof, und dieser versorgte ihn mit Kokain.

Einmal, etwa zwei Monate später, kam Melanie ihn besuchen. Sie erschrak, wie unaufgeräumt die Wohnung war. Florian war bereits angetrunken, er lallte irgendetwas und legte sich hin. Bald hörte sie ihn schnarchen. Sie beschloss, ihm wenigstens die Wohnung sauber zu machen.

Florian erfuhr nie, dass Melanie gekommen war, um den Tag mit ihm zu verbringen. Ihr Freund war wieder einmal in Stuttgart. Sie hatte nicht nur Gewissensbisse gegenüber Florian, sondern empfand auch eine brennende Sehnsucht, eine Sehnsucht nicht nach einem Mann, sondern nach einem Kind. Und Florian war hilfloser als ein kleines Kind.

Melanie saß eine Weile in der Küche und dachte nach. Sie hatte es satt, hin- und hergerissen zu sein. Ihr Körper brannte nach ihrem Liebhaber, aber ihr Herz und Verstand wollten zu Florian. Dort begegnete ihr rohe Männlichkeit, die nur im Bett aufblühte, ansonsten aber weder Gefühle noch Kunst noch Vertrauen kannte, und hier war ein sensibler Mensch, der in seinem Leben viel zu viel Pech gehabt hatte und der für jede Berührung, für jedes Lächeln dankbar war, ein großes Kind, das Liebe brauchte und sie erwiderte.

Schließlich entschied sich Melanie für Florian. Sie stand auf und machte sich auf den Weg. Im Kopf begann sie bereits, einen Abschiedsbrief zu formulieren, den sie ihrem Tyrannen auf dem Küchentisch zurücklassen wollte. Später, in der Wohnung ihres Freundes, zu der sie den Schlüssel besaß, fiel der Brief noch viel härter aus. Er endete mit den Sätzen: *Wage es nicht, mich zu bedrohen oder auch nur anzufassen. Ich werde dich sofort bei der Polizei anzeigen. Die Spuren deiner Schläge sind noch immer zu sehen. Ich habe es satt.*

Sie legte den Schlüssel auf den Tisch und verließ die Wohnung. Sie ging zu sich nach Hause und rief bei Florian an, um ihm zu sagen, dass sie sich für ihn entschieden hatte. Aber er nahm nicht ab.

Florian schlief seinen Rausch aus und bekam von ihrem mutigen Handeln nichts mit. Als er aufwachte, schnüffelte er noch im Bett eine »Ladung«, wie er es nannte, und wunderte sich etwas, dass seine Augen an diesem Tag verrücktspielten. Vielleicht kam das vom Schnaps, den er am Morgen getrunken hatte, dachte er. Zum ersten Mal bewegten sich die Ränder der Gegenstände. Sie waren nicht mehr scharfkantig, sondern weich und mehrfarbig, als wären sie von einem Regenbogen überzogen.

Auch die Wohnung war verändert. Alles glänzte, und er musste sich festhalten, da der Boden unter seinen Füßen wellig wurde. Es roch stark nach Orangen. Als hätte jemand den Boden mit dem Putzmittel getränkt, das er letzte Woche gekauft hatte. Er taumelte auf die Balkontür zu und riss sie auf. Er atmete die frische Luft ein und musste seine Augen zusammenkneifen, da das Licht ihn blendete.

Später wusste er genau, dass er an diesem wundersamen Tag die Sprache der Tiere verstanden hatte. Niemand glaubte ihm, auch der sympathische Psychiater nicht. Tiere können nicht sprechen, hieß es. Er bilde sich das nur ein, wegen der Drogen.

Er schwor bei seiner Liebe zu Melanie, dass er sich sicher sei. Noch in der Tür stehend hatte er einen mehrstimmigen Chor hinter sich gehört. »Endlich«, stöhnten die Tiere. Das verstand er, und das Wundersame war: Er erschrak nicht.

»Wann kommt deine Frau wieder?«, fragte die Schildkröte.

»Sie hat einen schönen Schnabel, etwas zu breit, aber prächtig«, riefen die Wellensittiche im Chor.

»Und eine Stimme hat sie«, schwärmte der Kanarienvogel, »ich habe sie im Laden immer leise singen hören.«

»Und überhaupt, ihre Hände sind die besten, die mich je berührt haben«, sagte der Hamster.

»Und ich sage euch. Sie ist verliebt in unseren Futterspender, aber sie wagt es nicht zu sagen«, krächzte der graue Papagei. »Ich habe ein Auge für Verliebte.«

Florian nickte, den Verdacht hatte er auch. »Und dieser Kerl schlägt sie, dieser Schweinehund«, sagte er laut.

»Es gibt nur ein Gesetz: Das Weibchen entscheidet sich immer für den Sieger«, sagte der Papagei.

»Steh auf und kämpfe«, krächzte das Wellensittichweibchen. »Wenn mein Geliebter in der Voliere nicht gegen vierzehn männliche Konkurrenten gekämpft hätte, hätte ich mich nicht in ihn verliebt.«

»Ich war immer ein Verlierer«, flüsterte Florian. »Wie ein Selbstbedienungsladen war ich, jeder nahm sich, was er brauchte, Geld, Job, Freundin oder Freund. Ja sogar meine Fröhlichkeit und meine Gelassenheit. Und ich habe immer von dem gelebt, was man mir übrig ließ.«

»Ich auch«, sagte der Papagei. »Und du siehst, wohin mich meine Feigheit geführt hat ... in einen Käfig.«

»Mir wäre jeder Ort egal, wenn ich nur ein Weibchen hätte«, ließ sich der Hamster vernehmen. »Man stellt mir dieses scheußliche Rad her, damit ich in Bewegung bleibe. Wozu denn? Am liebsten bewege ich mich auf dem Rücken eines Weibchens. Ich bin in einem Käfig geboren und in einem Käfig groß geworden, aber früher habe ich mit einigen Freunden zusammengelebt. Bis irgendwann dieser Zweibeiner kam, unerwartet wie der Tod. Er verbannte mich in diese Enge. Warum gehst du nicht hinaus? Was sitzt du so herum in deinem Käfig? Geh hinaus und nimm dir deine Frau oder hol dir ein Laufrad. Dann nenne ich dich Bruder!«

»Am besten gehst du hin und rupfst deinen Rivalen vor deiner Frau«, schlug der Kanarienvogel vor. »Oder«, sagte er nach einer kurzen Pause, »du stellst dich vor ihre Behausung und singst so laut, dass deine Stimme sie um den Verstand bringt. Hörst du nicht, wie ich seit Jahren singe. Ich weiß es, eines Tages wird ein Weibchen kommen und mich hier finden, dann werde ich Abschied von euch nehmen.«

»Ich glaube«, rief die Schildkröte, »ihr seid alle aufgeregt und habt es eilig. Geduld hilft mehr als Gewalt. Wir, die Schildkröten, kennen unsere Zukunft so gut, als würden wir sie in einem offenen Buch lesen, deshalb haben wir es nicht eilig. Ich kenne mein Schicksal. Ich muss vierzig Jahre bei den Menschen ausharren, dann werde ich von einem Jungen gekauft, der mich in seinem Garten frei laufen lässt. Das wird mein Paradies werden. Geduld ist nicht Feigheit, sondern Mut der Vernünftigen. Du sollst zu deinem Rivalen gehen und ihm nahelegen, dass er deine Frau nicht quälen darf. Allein dass sie Tiere liebt, ist ein Grund, sie zu achten. Vielleicht wird er sich eines Tages schämen und deine Frau freigeben.«

Florian nickte.

Drei Stunden später, als die Gegenstände in seiner Wohnung wieder klare Ränder bekamen, der Regenbogen sich zurückzog und der Boden wieder glatt war, machte er sich auf den Weg. Es war inzwischen spät am Abend und dunkel.

Wie es zu dem Mord kam, wird für immer ein Geheimnis bleiben. Die Polizei konnte nur den Ablauf der Tat rekonstruieren, nach der sich Florian der Polizei stellte und angab, seinen Rivalen, einen gewissen Hans M., in dessen Wohnung und mit dessen Pistole nach einer Schlägerei erschossen zu haben.

Zuvor hatte Florian seinen Wohnungsschlüssel und einen Zettel in einen Briefumschlag gesteckt und in Melanies Briefkasten eingeworfen. Auf dem Zettel stand mit zittriger Hand geschrieben: *Pass bitte auf die Tiere auf.*

Nachwort des Herausgebers
Von Menschen und anderen Tieren

Ein Versuch, in acht Farben das Spektrum unseres vielschichtigen Verhältnisses zu den Tieren zu beschreiben

Schon immer dachten kluge wie weniger kluge Menschen über unser Verhältnis zu Tieren nach und füllten damit Bibliotheken. Daher kann ein bescheidenes Nachwort nur eine Annäherung sein.

Infrarot

> *Was ist der Affe für den Menschen?*
> *Ein Gelächter oder eine schmerzliche Scham.*
> Friedrich Nietzsche

Eine alte arabische, vorislamische Geschichte erzählt, dass Gott, nachdem er sich am siebten Tag ausgeruht hatte, beschloss, am achten Tag die Lebensdauer der Tiere zu bestimmen. Er schaute Adam an und sagte: »Dir gebe ich dreißig Jahre.« Adam aber wurde traurig, als er kurz darauf hörte, wie Gott dem Raben siebzig und der Schildkröte sogar hundert Jahre geschenkt hat.

»Gott, dreißig Jahre sind mir zu wenig«, jammerte Adam. Die Tiere lachten.

Gott schüttelte den Kopf. »Geh zur Seite, ich muss weiterarbeiten«, sagte er und gab dem Hund, vielleicht wegen seines schlechten Gewissens gegenüber dem Menschen, ebenfalls dreißig Jahre, da rief der Hund entsetzt: »O gnädiger Gott! Das ist mir zu viel. Ich werde eines Tages nur noch dem Menschen als Sklave dienen, für ihn Haus und Hof, Herde und Familie beschützen und am Ende Undankbarkeit als Lohn bekommen und lediglich magere Knochen und Reste zum Fraß haben. Mir reicht die Hälfte der Zeit.«

»O lieber Gott, schenk mir die fünfzehn Jahre«, flehte Adam.

»Du sollst sie haben, aber nun sei still«, sagte Gott und wandte sich dem Esel zu. »Auch du bekommst dreißig Jahre Leben«, sagte er. Der Esel aber schüttelte auch den Kopf. »Gott, du bist so großzügig, und wenn ich dir dienen sollte, dann wäre die Ewigkeit zu kurz, aber ich werde, das sehe ich klar vor meinen Augen, Diener des Menschen sein. Er wird mich mit seinen Lasten und sich selbst beladen und gnadenlos auf mich eindreschen. Meinen Rücken wird er schinden, meine Beine mit seinem Stock traktieren, und am Ende muss ich all das ertragen für eine Handvoll Futter in einem stinkenden Stall … und wehe, ich würde es wagen, um Ruhe zu bitten – geschweige denn um Liebe, da antwortet nur die Zunge seiner Peitsche. Nein, lieber Gott, mir reicht die Hälfte.«

»Gib mir bitte die übrig gebliebene Hälfte«, flehte Adam.

»Du sollst sie haben«, sagte Gott, erstaunt über die Lebensgier des Menschen.

Dazu bekam Adam noch ein paar Jahre vom Affen, ein paar von der Ratte und ein paar vom Papagei.

»Und mich fragst du nicht«, protestierte Eva.

»Du sollst Adam immer überleben«, sagte Gott. Aber Adam und Eva wunderten sich über das Grinsen, das Gottes Gesicht überzog, nicht ahnend, dass all diese von den Tieren übernommenen Jahre sie prägen würden.

Diese Geschichte kann man auf zweierlei Weise verstehen. Zum einen als einen ironischen Hinweis auf die menschliche Gier. Zum anderen als Fingerzeig, dass wir Menschen keinen Anlass für Arroganz und Überheblichkeit gegenüber anderen Wesen haben, da wir vieles von ihnen in uns tragen.

Rot

Die Größe und den moralischen
Fortschritt einer Nation kann man daran messen,
wie sie die Tiere behandelt.
Mahatma Gandhi

Was ist aber ein Tier? Tiere wurden seit uralten Zeiten beobachtet, studiert, gezeichnet und manchmal sogar wissenschaftlich beschrieben. Die Resultate füllen Bücherregale. In die Kategorie »Tier« fällt in der Regel alles, was nicht Stein oder Baum ist, also zur unbelebten Natur oder den Pflanzen gerechnet wird. Doch auch Steine sind nur scheinbar unbelebt. Sie unterliegen Verwandlungen und beteiligen sich durch ihre Mineralien an Veränderungen. Und wo ist die Grenze zwischen Pflanzen und Tieren?

Auch die Grenzen im Tierreich sind keine feste Angelegenheit. Und nach Darwins Evolutionstheorie besteht keine kategoriale Kluft zwischen Tier und Mensch. Unser Denken ist aber geprägt von der Überzeugung: Wir, die Menschen, stehen im Mittelpunkt (Anthropozentrismus). Das Sprichwort »Der Mensch ist das Maß aller Dinge« haben die Griechen schon gekannt. Alle anderen Wesen, so die Auffassung, stehen uns zur Verfügung oder zu Diensten. Das ist eine überhebliche und bornierte Haltung, die leider bereits in der Schöpfungsgeschichte der Bibel propagiert wird.

In der juristischen Literatur werden Tiere wie Sachgüter behandelt, mit dem Unterschied, dass sie im Gegensatz zu diesen geringfügige Schutzrechte besitzen. Auf Freiheit haben Tiere jedoch kein Recht.

Orange

»Haben Tiere eine Seele und Gefühle?«
kann nur fragen, wer über keine der beiden
Eigenschaften verfügt.
Eugen Drewermann

Die menschliche Kultur verdankt den Tieren vieles. Sie dienen nicht nur als Quelle der Nahrung für den Menschen oder als Arbeitstiere in verschiedenen Bereichen, sondern spielen, wie unten noch gezeigt wird, sogar eine gewichtige Rolle für die Seele und für den Glauben.

Die besten Erfindungen des Menschen sind eine armselige Nachahmung der Tierwelt. Wir Menschen dagegen standen der Tiergattung nie Modell. Worin auch, bitte schön? Im Rennen, Fliegen, Schwimmen, Singen oder im Hinblick auf die Kraft? Da lachen ja die Hühner. Unsere einzige wirklich selbstständige und unnachahmliche Erfindung, Krieg und Zerstörung, interessiert kein Schwein.

Gelb

Die Welt ist kein Machwerk und
die Tiere sind kein Fabrikat zu unserem Gebrauch.
Nicht Erbarmen, sondern Gerechtigkeit
ist man den Tieren schuldig.
Arthur Schopenhauer

Die Einstellung der Menschen zu den Tieren pendelte im Verlauf der Geschichte zwischen Verachtung und Vergötterung. Spätestens im 20. Jahrhundert verblasste die Vergötterung. Das Tier wurde einerseits auf seine Funktion als Nahrungsmittel reduziert, geriet zum industriellen Ausgangsprodukt, andererseits blieb es Arbeitstier, und lediglich einige wenige Arten wurden zum Statussymbol und

Sammelobjekt. Nur die Beziehung zu manchen Haustieren (Hund und Katze) verbesserte sich, sie wurden zu Partnern und mit Liebe und Respekt behandelt, ja verhätschelt. Aber dieses Privileg haben die armen »Nutztiere« nicht. Schweine, Kühe und Hühner werden auch in Deutschland überwiegend unter grausamen Bedingungen gehalten.

Menschen schrieben und schreiben sich bis heute gegenseitig tierische Eigenschaften zu. Diese sind meist negativ, ja abwertend einzustufen.

Als *aalglatt* wird ein schleimiges, undurchschaubares Verhalten beschrieben. Andere Zuschreibungen lauten *geil wie ein Affe, gefräßig wie eine Raupe, unberechenbar wie ein Bär* oder *emsig wie eine Ameise, fleißig wie eine Biene, opportunistisch wie ein Chamäleon, behäbig wie ein Elefant, frech wie ein Dachs, diebisch wie eine Elster, dumm wie ein Esel* oder *eine Kuh, stumm und teilnahmslos wie ein Fisch, schlau und gerissen wie ein Fuchs, eitel wie ein Gockel, stolz wie ein Schwan* oder *Pfau, dumm wie ein Hammel, gehorsam und untertan wie ein Hund, launisch und aufsässig wie eine Katze, gleichgültig und apathisch wie ein Kamel, falsch wie ein Krokodil, unschuldig und fügsam wie ein Lamm, mutig und gefährlich wie ein Löwe* und so weiter. Die meisten dieser Eigenschaften sind wenig spezifisch und gelten für alle und niemanden.

Aber bemerkenswert ist eines: Die drei klügsten Säugetiere, die Ratte, der Affe und das Schwein, besetzen die unterste Leiterstufe der Erniedrigung durch Schimpfwörter. Hier entlarvt sich der Mensch.

Und in der Umkehrung dichten wir Tieren oberflächlich menschliche Eigenschaften wie Treue, List, Verlogenheit, Gefräßigkeit, Jähzorn und Schüchternheit an.

Es heißt, der Mensch ist ein Tier mit Geschichte, das einzige Tier, das lacht, plant, lügt, denkt. Doch die Annahme, dass viele seiner Eigenschaften und Fähigkeiten den Menschen als ein einmaliges Wesen auszeichnen, erwies sich als unhaltbar. Manche dieser menschlichen Fähigkeiten behielten ihre Gültigkeit, aber alle waren sie der hilflose Versuch, sich erhabener als andere Gattungen zu fühlen.

Wollte man gerecht sein, die wichtigsten Merkmale vergleichen und den menschlichen Intellekt dem Instinkt der Tiere gegenüberstellen, so sieht die menschliche Seite sehr blass aus. Und: Keine Gattung auf Erden sorgt so systematisch für den eigenen Niedergang wie der Mensch.

Grün

Die Mitteilungsmöglichkeit des Menschen ist gewaltig,
doch das meiste, was er sagt, ist hohl und falsch.
Die Sprache der Tiere ist begrenzt, aber was sie
damit zum Ausdruck bringen, ist wichtig und nützlich.
Leonardo da Vinci

Manchmal grenzt es an Absurdität, was alles unternommen wurde, um Tieren die Menschensprache beizubringen. Tiere können und müssen nicht sprechen. Von den über 60 Muskelchen, die die Stimmbänder bewegen, damit der Mensch ca. 300 Silben in der Minute hervorbringen kann, hat der Hund oder der Affe nicht einmal eines.

Tiere kommunizieren mit dem Menschen – wenn sie nicht die Flucht ergreifen oder ihn angreifen –, indem sie seine Befehle ausführten.

Bei allen Experimenten mit Tieren und gesprochener Sprache kam nie ein vernünftiges Gespräch zustande. Tiere brauchen jedoch keine menschliche Sprache, um sich zu verständigen oder ihre Umgebung zu verstehen.

Sprache galt seit Darwin als eine Fähigkeit, die nur Menschen besitzen. Tiere sprechen nicht. Alle sensationellen Experimente mit Hunden und Pferden, die angeblich die menschliche Sprache verstehen oder rechnen können, erwiesen sich als unhaltbare Zirkusnummern.

Berühmt wurde der Mannheimer »Wunderhund« Rolf, der lesen, buchstabieren und sogar rechnen konnte. Damit nicht genug. Sein Frauchen veröffentlichte Gedichte und eine Autobiografie, die angeblich der Hund diktiert hatte. Das zog eine Welle von Nachahmern nach sich. Plötzlich waren es über 80 Hunde, die das angeblich auch konnten. Bei der ersten wissenschaftlichen Untersuchung fiel das Wunder vom Hund ab, der Betrug wurde aufgedeckt. Der umfassende Bericht im *Münchner Medizinblatt* ließ keinen Zweifel: Der vorgeführte Hund war zwar fröhlicher Natur, konnte aber weder lesen noch rechnen, genauso wenig wie das Pferd »der kluge Hans«, das vor dem ersten Weltkrieg auf Jahrmärkten gewinnbringend präsentiert wurde.

Tiere können nicht sprechen, aber nicht, wie es jahrhundertelang als wahr galt, weil sie dümmer wären als der Mensch. Warum sollen Tiere, die besser sehen, riechen und hören können als der Mensch, ihm unterlegen sein? Herrschaft war noch nie der Beweis von Klugheit, sondern vielmehr die Frucht der Gewalt. Die neuere Forschung zeigt, dass alle Teile des Gehirns, die für das Verstehen und Erzeugen von Sprache zuständig sind, sowohl beim Menschen als auch bei vielen Tieren vorhanden sind. Nur liegt der Kehlkopf bei allen Säugetieren außer beim Menschen ganz oben im Hals, was die Bildung von Vokalen und mehr noch von Konsonanten verhindert. Ein kleiner anatomischer Unterschied mit großen Folgen!

Michel de Montaigne hat in diesem Zusammenhang eine sehr zutreffende Aussage über Tiere gemacht: »Aus eben dieser hohlen Einbildung stellt er [der Mensch] sich gar mit Gott gleich, maßt sich göttliche Eigenschaften an, sondert sich als vermeintlich Auserwählter von all den anderen Geschöpfen ab, schneidert den Tieren, seinen Gefährten und Mitbrüdern, ihr Teil zurecht und weist ihnen so viele Fähigkeiten und Kräfte zu, wie er für angemessen hält. Wie aber will er durch die Bemühung seines Verstandes die inneren und geheimen Regungen der Tiere erkennen können? Durch welchen Vergleich zwischen ihnen und uns schließt er denn auf den Unverstand, den er ihnen unterstellt?

Wenn ich mit meiner Katze spiele – wer weiß, ob ich nicht mehr ihr zum Zeitvertreib diene als sie mir?«[1]

Dass unser Verhältnis zu den Tieren krank ist, zeigt die Haltung gegenüber einem privilegierten Tier: dem Hund, der angeblich der beste Freund des Menschen ist. – Er bleibt nicht verschont. Dieses Privileg hat der Hund durch jahrtausendelange Unterwerfung und bedingungslose Loyalität erreicht. Auch wenn die Beziehung zum Hund mehr Bestand hat als manche Ehe unter den Menschen, nutzt das dem Hund nicht wirklich. Es gilt meist als grobe Beleidigung, einen Menschen als Hund zu bezeichnen. Nicht aber die Titulierung als Löwe oder Adler, beides Tiere, die den Menschen nicht ausstehen können.

Das Haustier wird zum Spiegel unserer Wünsche. Oft sagen Männer, sie lieben ihren Hund, weil er gehorcht und keine Widerrede gibt. Frauen dagegen schätzen den Hund für seine Treue, Ehrlichkeit und Zuverlässigkeit. Was aber wird hier zwischen den Zeilen gesagt?

Die englische Schriftstellerin Marie Corelli hat es deutlicher als alle anderen formuliert: »Ich habe nie geheiratet, weil ich drei Haustiere zu Hause habe, die den gleichen Zweck erfüllen wie ein Ehemann. Ich habe einen Hund, der jeden Morgen knurrt, einen Papagei, der den ganzen Nachmittag flucht, und eine Katze, die spät in der Nacht nach Hause kommt.«

1   Michel de Montaigne: *Essais, zweites Buch*. dtv, München 2011, S. 186 ff.

Sicher mutet das Liebkosen der Hunde und Katzen durch Herrchen oder Frauchen mitunter etwas skurril an, aber die moralisierende Mahnung, man solle Tiere nicht vermenschlichen, ist andererseits nichts als Heuchelei. Sie sagt indirekt: Mensch bleibt Mensch, und Tier bleibt Tier. Ich glaube aber, dass ein sensibler Umgang mit Tieren, der von Respekt geprägt ist, unser Menschsein nicht gefährdet, sondern bereichert, humaner macht.

Die Grausamkeit gegenüber Tieren entlarvt unsere Barbarei hinter der Maske der Zivilisation. Wir üben uns täglich darin, das Leid der Tiere zu übersehen. Dabei hilft uns, dass wir sie in seelenlose »Dinge« verwandeln. Und der Schritt zur »Verdinglichung« des Menschen ist nicht mehr weit. Immer wenn der Mensch ein Wesen seelenlos nennt, beabsichtigt er es zu vernichten, zu töten. Das taten Menschen mit Tieren und mit unterworfenen Völkern.

Blau

Bestien sind in den Augen des Menschen Tiere,
die sich verteidigen, wenn man sie angreift.
Jean de La Bruyère

Der Mensch bemühte sich, wie oben bereits gesagt, immer um eine Distanz zu den Tieren, und seltsamerweise wurde diese Distanz im Laufe der Zeit nur noch größer. Die Wissenschaft bemühte sich jahrhundertelang fachidiotisch darum, das Trennende herauszuarbeiten, statt das Gemeinsame zu stärken. Und so machte sie den Menschen, wie bereits erwähnt, zum einzigartigen Wesen. Er ist das einzige Tier mit Geschichte, mit Planung, mit Sprache. Und immer wieder wartete sie mit neuen Triumphen auf: Der Mensch sei das einzige Lebewesen, das alle drei Sphären (Luft, Erde, Wasser) erobert, – und jedes Mal, wenn sich irgendeines dieser hilflosen Konstrukte auflöst, kommen die Wissenschaftler mit »neuen« Erkenntnissen, wonach der Mensch noch irgendetwas besitzt, das den Tieren abgeht und wofür sie ruhig leiden können.

Jäger der Steinzeit haben sich bei den Tieren und den Göttern entschuldigt, um Verzeihung gebeten, wenn sie ein Tier erlegen mussten.

Welch einen Rückschritt hat unsere Zivilisation hier vollzogen? Ist es nicht beschämend, dass unsere Achtung vor Tieren heute viel geringer ist, als sie es vor einem Jahrtausend war? Hier macht Wissen dümmer.

Noch bis 1984 darf Peter Singer im Namen einer Ethik[2] die Lebewesen in eine Gruppe der »denkenden und intellektuellen Wesen« und in eine niedere Gruppe der nur »empfindenden« Wesen, der die Mehrheit aller Lebewesen angehört, aufteilen. Zur ersten Klasse gehören Mensch, Affe und Delfin und am Rande (womöglich in opportunistischer Rücksicht auf die Züchter edler Hunde- und Katzenrassen) Hund, Katze und Schwein. Mit der nur empfindenden Gruppe kann man ohne Mitleid umgehen. Singer, der einst durch *Die Befreiung der Tiere*[3] sehr berühmt wurde, hat mit seinem Buch *Praktische Ethik* nichts Neues erfunden. Es ist ein Aufguss der alten Kategorien: Nur wer Sprache gebraucht, ist ein edles Wesen. Solche Thesen erfreuen das Herz und beruhigen das Gewissen der Hühnerzüchter und der Schlachthofbetreiber.

Diese Forscher, die noch nicht einmal wissen, warum die Hunde den Mond anbellen, betreiben, solange ihre Thesenbildung nicht auf Respekt gegenüber Tieren aufgebaut ist, nur eine sich immer wiederholende und den Menschen von aller Verantwortung freisprechende Propaganda

---

2 Peter Singer: *Praktische Ethik*, Reclam, Stuttgart 1984.
3 Peter Singer: *Die Befreiung der Tiere*. Übersetzt von Claudia Schorcht. Zweite Auflage, Rowohlt Taschenbuch, Reinbek 1996.

gegen die Tiere. Ihnen sei die sensible Seele einer Rosa Luxemburg gegenübergestellt, die sich in ihrem Gefängnis mit gequälten Tieren verbrüdert: »[…] die Büffelhaut ist sprichwörtlich an Dicke und Zähigkeit, und die war zerrissen. Die Tiere standen dann beim Abladen ganz still erschöpft, und eins, das, welches blutete, schaute dabei vor sich hin mit einem Ausdruck in dem schwarzen Gesicht und den sanften schwarzen Augen wie ein verweintes Kind. Es war direkt der Ausdruck eines Kindes, das hart bestraft worden ist und nicht weiß, wofür, weshalb, nicht weiß, wie es der Qual und der rohen Gewalt entgehen soll … ich stand davor, und das Tier blickte mich an, mir rannen die Tränen herunter – es waren seine Tränen, man kann um den liebsten Bruder nicht schmerzlicher zucken, als ich in meiner Ohnmacht um dieses stille Leid zuckte […] Oh, mein armer Büffel, mein armer, geliebter Bruder, wir stehen hier beide so ohnmächtig und stumpf und sind nur eins in Schmerz, in Ohnmacht, in Sehnsucht.«[4]

Violett

Nach manchen Gesprächen mit Menschen
hat man den Wunsch, einen Hund zu streicheln,
einem Affen zuzulächeln und vor einem
Elefanten den Hut zu ziehen.
Maxim Gorki

Noch einmal die Frage: Was ist ein Tier? Die Antwort ist nicht leicht. Wo soll man sie suchen? Vielleicht in den ersten Äußerungen der Menschen über die Tiere, in den alten Mythen? Einer Wölfin verdanken wir Rom und das römische Reich mit all seinen Auswirkungen. Ohne die Sphinx

---

4 Rosa Luxemburg: *Briefe aus dem Gefängnis*. Voltmedia, Leipzig 2006, S. 74–76.

gäbe es die Tragödie des Ödipus nicht, der als Einziger deren Frage klug beantwortete: »Was ist das, was morgen auf vier, mittags auf zwei und abends auf drei Beinen geht?« »Der Mensch«, rief Ödipus und bekam anstelle einer Belohnung eine Strafe. Ohne die Sphinx hätte Freud uns niemals den Ödipuskomplex eingeredet.

Die Liste der Tiergestalten in der Mythologie ist lang. Die Ägypter verehrten eine Reihe von Göttern, deren Gestalt durch eine Kombination von Anleihen aus verschiedenen Tierkörpern geprägt wurde. Auch wurden Tiere im alten wie im neuen Reich als heilig betrachtet: der Widder von Mendes, das Krokodil von Schedit, der Stier Apis von Memphis, der Schakal Anubis, die löwenähnliche Katze Bastet, der Falke Horus und so weiter.

In vielen afrikanischen Religionen werden die Haustiere als Eigentum Gottes betrachtet. Die Würmer und Kriechtiere verehrt man als Boten der Unterwelt. Die Schlange gilt als unsterblich.

Auch die Götter der alten Griechen hatten kein Problem damit, in der Gestalt eines Tieres zu erscheinen; so verwandelte sich Zeus (bei den Römern Jupiter), um Frauen zu verführen, beispielsweise in einen Adler (für Asteria), einen Stier (für Europa), oder einen Schwan (für Leda). Das zeigt nebenbei, dass die männlichen Götter auch ihre sexuellen Probleme hatten. Ihre Eitelkeit bei der Auswahl der Tiere spricht Bände.

Tieren wurden in diesen Religionen genau wie den Menschen eine Seele und das ewige Leben zugeschrieben. Deshalb wurden Tiere wie Könige mumifiziert. Im alten Ägypten stand die Todesstrafe auf den Mord an einer Katze.

Hinduismus und Buddhismus (oder der Shintoismus in Japan) predigen »die Einheit der Lebewesen«, der chinesische Konfuzianismus und Taoismus vertreten die Auffassung der »Harmonie mit der Natur«.

Judentum und Christentum hatten dann unter dem Einfluss der Griechen eine grobe duale Aufteilung der Welt vorgenommen: hier die Seele der Menschen, die ewig leben darf (im Jenseits, versteht sich), und dort die seelenlose Natur, die keinen Anspruch auf ein ewiges Leben hat. Aber schon damals gab es Menschen wie Plutarch (45–125 n. Chr.), die den Tieren Einsicht, Tugend, Verstand, Gerechtigkeit, Kinder- und Partnerliebe zusprachen. Plutarch verurteilte das Töten der Tiere als Unrecht und empfahl seinen Landsleuten, sich vegetarisch zu ernähren.

Das Konzept der Ägypter vom ewigen Leben nach dem Tod stand Pate für den Glauben an die Auferstehung nach dem Tod im Christentum, die Christen beschränkten diese aber auf den Menschen.

Es mussten über elf Jahrhunderte vergehen, bis Franz von Assisi (1181/1182–1226) verkünden durfte, dass jedes Lebewesen gottgegebene Würde besitzt. Folgende Aussage wird ihm zugeschrieben: »Alle Geschöpfe der Erde fühlen wie wir, alle Geschöpfe streben nach Glück wie wir. Alle Geschöpfe der Erde lieben, leiden und sterben wie wir, also sind sie uns gleichgestellte Werke des allmächtigen Schöpfers – unsere Brüder.« Doch Franz von Assisi blieb ein Sonderling, ein Störenfried in der Kirchengeschichte.

Die Kirche als Institution bescheinigte den Tieren lediglich den Besitz von »Instinkt« und verdammte und bekämpfte im nächsten Schritt das Animalische, Triebhafte. Sie schob diese Eigenschaften und Neigungen dem Teufel in die Schuhe. Dennoch wimmelt das Alte wie das Neue Testament von Tieren, die wichtige Aufgaben übernehmen. Und ein Tier nimmt die zentrale Stellung ein: die Schlange im Paradies, die Eva und Adam verführte, vom Baum der Erkenntnis zu essen, und ihnen die Augen öffnete[5]. Bis

---

5   Genesis 3,1.

dahin waren beide glückliche Geschöpfe wie die Affen gewesen; jetzt wurden sie aus dem Paradies verstoßen und mussten von ihrer Hände Arbeit leben. Ich habe selten eine genialere Darstellung der Menschwerdung des Affen gelesen.

Vielleicht bewunderte Jesus deshalb die Schlange: »Seid klug wie die Schlangen«, empfahl er seinen Jüngern.[6]

Ein anderes Tier, die Taube, spielte in Noahs Geschichte eine entscheidende Rolle. Sie war das Zeichen, dass die Strafe der Sintflut zu Ende war. Die Taube galt als Überbringerin der frohen Botschaft für Noah, deshalb hat Picasso sie als Symbol für den Frieden gewählt. Vielleicht ist das auch ein Grund, weshalb der Frieden auf Erden so brüchig ist, denn Tauben sind alles andere als friedlich.

Des Weiteren wurde der Heilige Geist als Taube dargestellt – und Jesus als Lamm Gottes bezeichnet.

In den literarischen Darstellungen der Griechen, in der griechischen Mythologie wie in der alten griechischen Dichtung (etwa bei Homer) treten oft gefährliche Fabeltiere auf, die übernatürliche Macht besitzen und zwischen Menschen und Göttern stehen.

Die Darstellung des Teufels entspricht in verschiedenen Religionen einer schlechten Collage von Tierkörperteilen, mehr oder weniger hilflos zusammengesetzt wie auch bei manchen Fabeltieren, etwa den Elwedritschen (auch Elwetritschen) in der Pfalz oder dem bayerischen Wolpertinger.

Den Angstmachern der Kirche stand Satyr Modell für den Teufel, die Hörner liehen sie von einem Stier, den Bart von der Ziege, seine Gesichtsform vom Fuchs, die Flügel von der Fledermaus, die Füße vom Bock und den Schwanz von einem Esel. Und tatsächlich wirkte diese lächerliche Komposition dermaßen beängstigend, dass der heilige

---

6   Mt. 10,16.

Bernhard von Clairvaux[7] im zwölften Kapitel seiner *Apologie* (1125) heftig gegen derartige Darstellungen polemisierte, die die Mönche verwirrten.

Ultraviolett

> *Man kann wohl fragen: Was wäre der Mensch*
> *ohne die Tiere? Aber nicht umgekehrt:*
> *Was wären die Tiere ohne die Menschen?*
> Christian Friedrich Hebbel

Wie werden die Tiere in der Literatur behandelt? Die Weltliteratur kennt im Orient und Okzident seit Jahrhunderten Drachen und Schlangen, den Zentaur, die Hydra, den Greif und viele andere. Sie alle hatten in der Regel eine negative Rolle inne und sollten von Helden bekämpft werden. Diese wurden in religiösem Kontext dann zuweilen zu Heiligen geadelt, wie etwa der heilige Georg, der Drachentöter.

Die Kinderbücher auf der ganzen Welt wimmeln von Tieren. Angefangen bei den Bremer Stadtmusikanten über Peterchens Mondfahrt, die kleine Hexe mit dem Raben Abraxas bis hin zum kleinen Prinzen und seiner Freundschaft mit dem Fuchs; von der Konferenz der Tiere, Harry Potter und seiner Schnee-Eule Hedwig, Momo und der Schildkröte Kassiopeia, der wunderbaren Reise des kleinen Nils Holgersson mit den Wildgänsen, Pippi Langstrumpf und dem Totenkopfäffchen Herr Nilsson bis hin zum Dschungelbuch.

7   Bernhard von Clairvaux (1090–1153), Adliger und später Abt eines von ihm gegründeten Klosters, war einflussreicher als der Papst und ein Kriegshetzer für den Zweiten Kreuzzug. Er schreckte nicht einmal davor zurück, Verbrechern Sündenvergebung zu versprechen, wenn sie in den Krieg zogen. Er wurde 1174 heiliggesprochen.

In der Kinderliteratur und in Märchen können die Tiere sprechen, und die Kinder amüsieren sich, ohne den Bezug zur Realität zu verlieren. Pu der Bär (von Alan Alexander Milne) ist einem Stofftier nachempfunden, und trotzdem hat er es geschafft, dass philosophische Bücher über ihn geschrieben wurden.[8]

Aber nicht nur in Kinderbüchern treten sprechende und handelnde Tiere auf. In Fabeln schlüpfen die uns bekannten Tiere in Menschenrollen: Wolf, Esel, Löwe, Frosch, Fuchs, Bär und Schildkröte denken und sprechen wie Menschen, teils, um Weisheiten und Moral zu verbreiten, teils, um herbe Kritik zu üben, ohne dass der Autor dafür den Kopf verliert. In Diktaturen liest ein Zensor die Fabeln und untersucht, ob verdeckte Beleidigungen vorliegen. Wenn der Autor es geschickt anstellt, kommt er ungestraft davon.

Indes schrieben neben bekannten Fabelautoren wie Aesop, La Fontaine oder Lessing auch Schriftsteller und Schriftstellerinnen wie Rudyard Kipling, Thomas Mann, Jack London, Franz Kafka, Patricia Highsmith, John Berger, Miguel Torga und viele andere literarische Größen eindringliche Tiergeschichten. Und in diesem Buch nun erzählen die Autorinnen und Autoren der Sechs-Sterne-Reihe über ihre ganz eigenen Fantasien und Visionen von Tieren. Das Spektrum ihrer Kurzgeschichten übertrifft die Vielfalt eines Regenbogens.

Rafik Schami
Frühjahr 2016

---

8   Benjamin Hoff: *The Tao of Pooh*. Dutton Books 1982.
    Benjamin Hoff: *The Te of Piglet*. Dutton Books 1992.

Die Autorinnen und Autoren

Nataša Dragnić wurde 1965 in Split (Kroatien) geboren. Nach dem Germanistik- und Romanistikstudium in Zagreb schloss sie eine Diplomatenausbildung ab. Seit 1994 lebt sie in Erlangen und war viele Jahre als freiberufliche Fremdsprachen- und Literaturdozentin tätig. Ihr Debüt *Jeden Tag, jede Stunde* erschien in rund 30 Sprachen, ihr zweiter Roman *Immer wieder das Meer* wurde 2013 veröffentlicht, ebenfalls in mehreren Übersetzungen. Sie erhielt den IHK-Kulturpreis der Stadt Nürnberg 2012, den August Graf von Platen Förderpreis 2013 und den italienischen Premio Fondazione Francesco Alziator 2013. Im Frühjahr 2016 erscheint ihr neuer Roman *Der Wind war es.*

Michael Köhlmeier, 1949 in Hard am Bodensee geboren, lebt als Schriftsteller in Hohenems (Vorarlberg) und Wien. Er schreibt Kurzprosa, Lyrik, Bühnenstücke, Drehbücher sowie Hörspiele und hat zahlreiche Romane veröffentlicht, darunter *Abendland* (2007, Finalist beim Deutschen Buchpreis), *Madalyn* (2010) und *Die Abenteuer des Joel Spazierer* (2013). Mit *Zwei Herren am Strand* war er 2014 auf der Longlist für den Deutschen Buchpreis vertreten. Michael Köhlmeiers Werke sind in mehreren Sprachen erschienen, er ist Träger etlicher Literaturpreise.

Monika Helfer, geboren 1947 in Au/Bregenzerwald, lebt als Schriftstellerin mit ihrer Familie in Vorarlberg. Sie hat Romane, Erzählungen und Kinderbücher veröffentlicht, zuletzt *Bevor ich schlafen kann* (2010), *Oskar und Lilli* (2011), *Die Bar im Freien – Aus der Unwahrscheinlichkeit der*

Welt (2012) und *Die Welt der Unordnung* (2015). Gemeinsam mit Michael Köhlmeier veröffentlichte sie 2010 *Rosie und der Urgroßvater*. Für ihre Arbeiten wurde sie unter anderem mit dem Robert-Musil-Stipendium (1996) und dem Österreichischen Würdigungspreis für Literatur (1997) ausgezeichnet.

Root Leeb, 1955 in Würzburg geboren, studierte Germanistik, Philosophie und Sozialpädagogik. Sie arbeitete zwei Jahre als Deutschlehrerin für Ausländer, danach sechs Jahre als Straßenbahnfahrerin in München. Heute lebt sie als Autorin, Malerin und Zeichnerin in Rheinland-Pfalz. Bei *ars vivendi* erschien 2001 *Mittwoch Frauensauna*, 2003 folgte *Tramfrau – Aufzeichnungen und Abenteuer der Straßenbahnfahrerin Roberta Laub*, 2012 ihr Roman *Hero – Impressionen einer Familie*, 2013 *Die dicke Dame und andere kurze Geschichten* und 2015 ihr Roman *Don Quijotes Schwester*.

Franz Hohler, 1943 in Biel geboren, aufgewachsen in Olten, studierte fünf Semester Germanistik und Romanistik in Zürich und arbeitet seither freischaffend für Bühne, Radio und Fernsehen. Er lebt mit seiner Frau in Zürich, schreibt Erzählungen, Romane, Gedichte, Kabarettprogramme, Theaterstücke und Kinderbücher. Zuletzt wurden von ihm veröffentlicht: *Gleis 4* (Roman, 2013), *Der Autostopper* (gesammelte kurze Erzählungen, 2014), *Ein Feuer im Garten* (kurze Erzählungen, 2015), *Es war einmal ein Igel* (Kinderverse, 2011), *Die Nacht des Kometen* (Erzählung für Kinder, 2015).

Rafik Schami, 1946 in Damaskus geboren, wanderte 1971 in die Bundesrepublik aus. Er studierte Chemie in Heidelberg und schloss sein Studium 1979 mit der Promotion ab. Heute zählt er zu den bedeutendsten Autoren deutscher Sprache. Seine Bücher erschienen in 28 Sprachen und wurden mit vielen Preisen ausgezeichnet, u. a. mit dem Hermann-Hesse-Preis, dem Chamisso-Preis, dem Nelly-Sachs-Preis und dem Preis gegen das Vergessen und für Demokratie. Seit 2002 ist Rafik Schami Mitglied der Bayerischen Akademie der Schönen Künste. Veröffentlichungen u. a.: *Eine Hand voller Sterne* (1987), *Erzähler der Nacht* (1989), *Die dunkle Seite der Liebe* (2004), *Damaskus im Herzen und Deutschland im Blick* (2006), *Das Geheimnis des Kalligraphen* (2008), *Eine deutsche Leidenschaft namens Nudelsalat* (2012), *Die Farbe der Worte* gemeinsam mit Root Leeb (*ars vivendi,* Jubiläumsausgabe 2013), *Sophia oder Der Anfang aller Geschichten* (2015).

Sechs Sterne für die Kurzgeschichte

Rafik Schami (Hrsg.)
Reisen
Kurzgeschichten
Nach einer Themenidee von Franz Hohler
Hardcover, 192 Seiten

ISBN 978-3-86913-498-7

Ein Band, dessen Kurzgeschichten das Thema *Reisen* umkreisen, es erkunden, im Innen und Außen erfahrbar machen, lebendig gestalten, facettenreich beleuchten, mit sprachlicher Virtuosität funkelnd erhellen, in poetischem Ton feiern. Ein Band, der zugleich auch die so ausdrucksstarke Gattung der Kurzgeschichte im deutschsprachigen Raum aus dem Dunkel holt, ins rechte Licht rückt, würdigt, mit einer literarischen Hommage feiert.

Mit Beiträgen von Franz Hohler · Root Leeb · Monika Helfer · Michael Köhlmeier · Nataša Dragnić · Rafik Schami

»Ein Band voller Liebeserklärungen an eine der feinsten Erzählkünste«
Esther Willbrandt, *Radio Bremen*

»Eindrucksvoll«
Leonie Berger, *SWR*